禍話《まがばなし》n《えぬ》

著：梨

取材協力：FEAR飯（かぁなっき、加藤よしき）

角川書店

禍話n

装画／こりん　装丁／原田郁麻

本書執筆のための調査にご協力いただいた皆様に御礼申し上げます。

【か】【ぞ】【く】【の】【家】

大学の頃の話である。

地方の高校から都内の大学に進学した私は、自分と同じ高校出身の友人がいなかったこともあって、交友関係が随分と変化した。サークルで仲良くなった人たちと旅行に行ったり、バイト先の同期に連れられて知らないバンドのライブに行ったり。

最初の頃は大学生活も探り探りだったが、一年もすれば余裕も出てくる。そんなときに女同士で仲良くなった後輩に、Yちゃんという人がいた。趣味の話も合うし気さくな子だったから、サークルで会えばよく話していた。

あるとき——確か夏休み明けの、秋学期が始まるときだっただろうか。ほぼオリエンテーションしかないから早々に授業も終わって、暇潰《つぶ》しにサークルの部室に行ったら、彼女がひとりで携帯電話を弄《いじ》っていた。

「来てたんだ。お疲れー」
「あ、先輩。お疲れ様です」
「なに、今日集まる予定とかあったっけ」
「いや、授業がいつもより早く終わっちゃって。いつものバス来るまで少し時間があるので」

「律儀だね、別に早く帰ってもいいだろうに」

私はYちゃんの斜向《はす》かいに腰を下ろし、誰かが持ち込んだテレビを点《つ》けた。他のサークルの人たちはまだ授業を受けているか早々に帰宅したかで、暫《しばら》くYちゃんとふたりだけの時間が続いた。

ぼんやりと流し見していたニュース番組では、近年の家庭内不和が特集されていた。様々な要因ですれ違う家族。些細《ささい》な違和感が、やがて取り返しのつかない事態に発展していく。アナウンサーと芸能人のコメンテーターが訳知り顔でそんなことを喋《しゃべ》っている。

携帯を弄っていたYちゃんも、何となくそのニュース番組の内容は耳に入っていたのだろうか。突然、彼女がぽつりと話し始めた。


「あの」

「うん？」

「最近――うちのお父さんが、ちょっと変なんですよね」

「え、変って、なに。まさか手上げてくんの？　そういうのはちゃんと相談した方がいいよ、大学にもそういう窓口とかあるし」

「ああ、そういうんじゃ、ないんですけど」

彼女は、話しにくそうにもごもごと口を動かしながら、言葉を繋《つな》いでいく。

「お父さん、なんか方角だとか方位だとか、そういうのに凝りだしちゃって」

「ああ、風水とか」

「いや風水なのかな。漢字ではあるんですけど」

曰《いわ》く、彼女の父親が傾倒しているのは、名前や宗派もよく分からない、願掛けのような何かだそうだ。彼女の家は何の変哲もない二階建ての一軒家なのだが、一階の奥にある小さな和室が、父親に言わせれば最も「悪いものが溜《た》まりやすい場所」なのだという。


「ここは一家の主《あるじ》である俺がちょっと頑張んなきゃいけない、とか言い出して。最近そっちに自分の布団持ってって、その部屋で寝るようになったんですよ」

「へえ。元々そういう、風水的なのは好きな人だったの？」

「いや全く。急に言い出しました。だから私も、どうしていいか分かんなくて」

「うーん。でも確かにそれは、ちょっとやだよねえ」

　彼女の立場になってみれば、かなり難しい問題だろうと思った。大っぴらな家庭内暴力などではないと聞いたときは一瞬安心しかけたが、これはこれで処理に困る。別に迷惑行為をしているわけではないから、警察や相談所に動いてもらう話にもしづらいだろうし。

まあそういったものを信じるなら信じるで別に構わないのだが、それが詳細も出自も一切不明な何かだというのは据わりが悪い。

「まあ、なんかあったらいつでも言ってくれていいから。急に学生課とか行くのに抵抗あんなら、私が色々聞いてみてもいいし」

だから、そういう風に返答した。私も多少心配だったし、Yちゃんからそういう相談事を振られるなんて中々に珍しいことだったから。彼女もありがとうございますと言ってその日は終わったのだが――一週間くらい経って、学食でお昼を食べているときに再びYちゃんから話しかけられた。


「あの、先輩。ちょっと隣いいですか」

「ああ、いいよ。別に次の時間も講義ないし。この前の話？」

「はい――実はお父さん、あれからもずっと例の部屋で過ごしてるんですよ」

「まだそこで寝てるんだ」

「寝てるのもそうですし――ごはん食べ終わったら、すぐにその部屋に行っちゃうんですよ。実家なんでご飯も早くて、七時ぐらいにはもう食べ終わるのに」

「あ、じゃあ夜の七時からずっとその部屋にいるってこと？　だいぶ早いね」

「そうなんですよ。その部屋って別に元々誰の部屋でもないとこだから、テレビとかも無いし。部屋に入ったらすぐ電気が消えるから、携帯でワンセグ見るわけでもなく本当にすぐ寝てるみたいで」


確かにそれは中々変である。彼女の父の仕事を詳しく知っているわけではないが、夜勤や早朝からの仕事をしているわけではなく、至って普通のサラリーマンだったはずだ。なのに、そんな時間から早々に——それも「悪いものが溜まりやすい場所」で——布団に入っているというのは、何重にも不可解な話である。


「昨日なんかも、あ私は二階で寝てるんですけど、私が深夜に起きたんですよ。で喉《のど》渇いてて、一階の冷蔵庫の麦茶飲もうって思って下降りたんですけど」

「お母さんってどこに寝てるの？」

「元々寝てたとこです、一階の」

同じ一階なのか。

お母さんの方は、そうなった父親を心配したりしないのだろうか。

「下に降りたら、お父さんのいる部屋の方からいびきが聞こえてきて。ああ今日も寝てるのかって思いながら台所向かおうとしたら——お父さんが居間にいるのが分かったんです。普通にパジャマ着て食卓に座ってお茶かなんか飲んでて」

「え？」

「え、って私も思って。あ、お母さんがいびきかいてるのかなって思ったけど、一階の廊下に行ってお母さんの部屋の襖《ふすま》をそっと開けたら、お母さんは静かに寝てて。私がそれ見てる間も、お父さんの部屋からはお父さんのいびきが聞こえてきてるんです。じゃあさっき居間にいたのは何だったんだって思って」

ふっと、廊下から居間を振り返ったら、

居間の扉が開いていて。

パジャマを着たお父さんが体を出して、無表情でこっちを見ていました。

一瞬びくってなって。もうそれは間違いなくお父さんなんです。

でもその居間とは全く別の方向から聞こえてくるのも、

間違いなくお父さんのいびきなんです。

おとうさん、って言おうとしたけど、声も出なくて。

ただ真っ暗な廊下で、無言で見つめ合う時間が暫く続いて。
そしたらお父さんが、

「やっぱりさ」

声を出しました。

「身の丈に合ったことをしないといけないんだよな」

なに、言ってるの、と私が言う前に。

「お前はいい子だから、それ以上踏み込んだりはしないだろう？」

それ聞いたときに、うわ気持ち悪い、って本能で思って。
そのまま踵《きびす》を返して、階段を駆けあがりました。
麦茶は飲めなかったし寧《むし》ろさっきよりも喉がからからに渇いてたけど、気にせず布団に潜り込んで無理矢理目を瞑《つぶ》りました。

ざわざわとした学食の喧噪《けんそう》の中で、彼女はそこまで話し終えると、おずおずと私に向き直った。

「これ――よくないですよね。うまく言えないんですけど」

私は瞑目《めいもく》して、暫く考え込む。

正直、Yちゃんの話を一から十まで全部信じていたわけではなかった。深夜に起きたというのも、夢と現実がごちゃごちゃになっている可能性の方が大きいだろう。しかし私がそう返したとて、事態は好転しそうにもない。

恐らく彼女も精神的に参っているのだろう、というのが、その時点で私が出した結論だった。さっきの話を聞いていて思ったことだが、何となく元から夫婦仲がそこまで良くはなさそうな感じもする。少なくとも、ここで様子見をし続けて事態が収束するとは思えなかった。

だから、私は努めて重くなりすぎないトーンを意識して、話を切り出した。

「うーん、そうだねえ。話聞いてるだけだとあれだし――今度、私がお家《うち》行ってみようか？　ほら、前に泊まりがけで遊びに行きたいなって話もしてたじゃん。ちょっと様子見に行くよ」

「え、本当ですか」

私の提案に、彼女はいたく安心したような、嬉《うれ》しそうな声を上げた。

やや疲れの見える顔で何度も礼を言う彼女を制しつつ、私は今週末の土曜日に泊まりに行くことを約束した。


「ちなみにさ。その、お父さんがそういうことしてるわけじゃん。お母さんはどう思ってんの？」

「うーん……何というか、『あっそ』って感じで、冷めた目で放置してる、というか」

「あー、なるほど」

「はい。これ関係あるかどうか分からないんですけど、お父さんって婿養子なんですよ。だから結構、お父さんがお母さんに従ってるみたいな図式で長いこと暮らしてて」

「そうなんだ」

「だからひょっとしたら、方角がどうの、一家の主としてどうの、って言い出したのも、どうにか自分の立場を保ちたいっていうのがあるんじゃないかな、とも思ってて」

「なるほどねえ。でもまあ、一緒に暮らす側は困るよね」

そして、数日が経ち、土曜日になった。

Yちゃんに案内されながら家までの道のりを歩いているとき、正直なところ、それなりに不安は大きかった。あのときは彼女の憔悴《しょうすい》した空気感もあって会話の流れでああ言ったし、それ自体は判断として間違っていなかったと思うが、それはそれとして不安なものは不安である。

誰かサークルの男をひとりくらい呼んでおけばよかった、と当日になって思ったが、今更言っても意味がない。

ここです、と言われて家に着いたとき、それなりに暗い夕刻だったのだが、門灯も家の中の電気も点いていなかった。

「あれ、今日は家の人って外出てんの？」

「いや、ふたりともいると思いますよ。でもお父さん、いっつも自分からは電気点けないんですよね、なぜか」

「でもお母さんはいるんでしょ？　お母さんが点けるんじゃないの」

「お母さん、ちょっと前から軽く風邪ひいてるんですよ」

「ああ、そうだったの」


家は、外観も内装も、至って普通だった。二階建ての一軒家。中庭にはよく手入れされた小さな砂場や花壇があり、子供用のスコップがひとつ刺さっている。玄関を開けるとお父さんが出迎えてくれて、色々な話を聞いていた私は一瞬身構えたが、風体も口調も至って普通だった。娘がいつもお世話になってます、何もない家ですがどうぞゆっくりしていってください、とにこやかに話すその姿に、おかしなところは何も見受けられない。


一旦《いったん》私たちは二階に上がり、彼女の部屋に荷物を置いた。

整頓された彼女の部屋にはベッドがあったが、床にもうひとつ布団が敷かれている。狭くて申し訳ないんですけど今日はここで寝てください、と彼女は言った。

「じゃあちょっと、一階行きますね。今日は私がご飯の当番なんで」

「ああ、それなら一緒に手伝うよ。行こ」

一階の台所で一緒にご飯を作っていると、廊下に繋がる扉が開いた。振り返ると、マスクをした中年女性が立っている。

「あ、どうもすみません。折角来てくださったのに、ご挨拶《あいさつ》できなくて」

「いえいえ、お構いなく。お大事になさってください」

母親はぺこりと頭を下げると、冷蔵庫へ向かった。後でお粥《かゆ》かなんか持ってくから、とYちゃんが声をかける。マスクを着用し、やや掠《かす》れた声ではあるが、こちらも何の変哲もない母親といった感じである。

やがてご飯が出来上がり、父親も一緒に食卓に座ってハンバーグを食べた。三人で他愛もない大学の話をして、芸能人のくだらない話に笑っている間も、おかしなところは見受けられなかった。

うん、普通だな。でもまあ、私という客が来てるときに、そんな変なことをするわけもないか。そう思いながら晩ご飯を食べ終えて、お風呂《ふろ》に入って、居間で一息ついていると。

「じゃあ、時間だから」

父親がそう言って席を立った。

あまりにも普通な感じで言うから一瞬流してしまったが、ややあって「例のこと」を言っているのだと私は理解した。彼の足音がぺたぺたと廊下を進み、奥の方の襖を閉める音がかすかに聞こえたあたりで、私はYちゃんに声をかけた。


「──時間って、何の時間なの？」

「分かんない、です。私が訊《き》いても、要領を得ないというか、よく分かんないことを言われるから、ああそうって感じになっちゃってるんですけど」

「…………」


やはり、こうなるのか。

このまま、普通に何も起こらず朝が来ることを期待していた自分もいたのだが、当然そうはいかなかった。同時に、彼女から半信半疑で聞いていたことが、ある程度「本当」なんだということも、改めて理解した。


私たちは居間の電気を消し、二階へ戻った。

暫くは携帯を弄りながらいつものように無駄話をしていたのだが、純粋に遊びに来ているわけではなかったし、人の家であまり遅くまで喋るのも、という気持ちもあったので、比較的早くに電気を消したのを覚えている。

今になっても不思議なのだが、私はかなり熟睡していた。

布団越しの感触に目を覚ますと、横でYちゃんが私の肩を揺らしていた。

「せ、先輩。起きてください」

その声や表情には、明らかに恐怖が滲《にじ》んでいる。

何があった、と上半身を起こしかけて、そこで気付いた。

家中で、がたがたと大きな物音が響いている。

「――え?」

これは何の音だ。

というか、私はこんな音が響いている中でぐっすりと眠りこけていたのか。

そもそもあんな話を聞かされた人の部屋で、すとんと眠れるわけもないだろうに。

部屋の外からは、重い家具を引き摺《ず》るような音が断続的に聞こえていた。二階の廊下からも、一階からも。とにかく自分たちが今いる部屋以外の全部の場所から、大規模な引っ越し作業でもしているかのような音が。少なくとも十人はいないと立てられないような音が。携帯を見ると深夜の二時を回っている。


「こんな音、今までもしてたの？」

「初めてです、こんなの。どうしよう、どうすればいいですか」


Yちゃんは真っ青な顔で私の腕を掴《つか》み、ぶるぶると震えていた。そうしている間も部屋の扉のすぐ向こうから、何かの作業音が聞こえ続けている。重めの段ボールを無理矢理に滑らせるような音や、ガムテープを伸ばして手で千切るような音。本当に引っ越しとか模様替えとかそういう感じのものだ。深夜二時に、私たち以外にはふたりしかいない家で聞こえるのは明らかに不可解である。

警察を呼ぶか。でも警察に電話して、何て言えばいいんだ。部屋の外から物音がしますと言っても、それが明らかな加害であるという確証がなければ警察は動かないのではなかったか。だいいち強盗や泥棒の類《たぐい》だったら、これほど大っぴらに動くはずはない。でも、だとしたら、これは一体何なんだ。

Yちゃんから懐中電灯を借り、意を決して、部屋の扉を開ける。

すると。

そこには誰もいなかった。


「――あれ」

一旦廊下の電気を点けたが、誰かが二階の死角に隠れているわけでもなさそうだった。さっきまですぐそばで物音がしていたし、何なら今も階下からがたがたと聞こえてきているのだが――二階には、誰もいない。


「――Yちゃん、ちょっとここで待ってて。私、一回下の様子見てくるから」

「え。いや無理ですって、何かあったら」

「でも、通報するなら確認しないといけないし。それにもし本当に泥棒だったら、一緒に固まってる方が危ないよ。もし私が大きな声出したら、すぐに警察に連絡して――」

と、言いかけたところで。

ふっと、一階の物音が一斉に消えた。

一分くらいその場でふたり目を合わせ、息を殺していたのだが、やはりそれでも状況は変わらなかった。十人以上の人が同時多発的に立てていた音が、まるでスピーカーをミュートにしたみたいに、一斉に聞こえなくなったのである。

もはや、訳が分からなかった。仮にその音の主が強盗でもなんでも、意思を持った人間なのだとしたら、そんな風に動きが止まり続けるなんて有り得ない。それほどに統制が取れた集団なのだとしたら、さっきまであれほど雑に物音を立てていたことと整合性が取れない。

私は、もうYちゃんを見ることもなく、勝手に階段を降りていった。自分の身に差し迫る危険や恐怖よりも切実に、今自分の周囲に起きている不条理の根源をこの目で確認する方が私にとって重要だった。そうしなければ、もっと嫌なことになると思った。

ゆっくりと階段を降りて、まずは晩ご飯を食べていた居間へ向かった。食卓を見たが、誰もいない。玄関にもいない。多少の戸惑いとともに、トイレやお風呂場も見たのだが、やはり人の影すら見えなかった。あれほどの物音が嘘のように辺りは静かで、真っ暗だった。

私は、Yちゃんのお母さんが台所に来たときのことを思い出す。あのときにお母さんが引っ込んでいったのは、確か台所から廊下に出てすぐの、この部屋だったはずだ。私はそっと襖を開けて、中を見た。

やはり中には布団が敷かれていて、マスクを着用したお母さんが静かに寝息を立てていた。

一瞬ほっとしたが、すぐにあれと思い直した。

あれほどの音がしていたにも拘《かか》わらず、お母さんは起きていなかったわけだ。いや、もちろん私もそうだったから人のことは言えないわけだが、一階の方が明らかに聞こえる物音は大きかったはずである。

私とYちゃんだけが聞いていた幻聴というのは有り得ないだろうし、しかしともかくお母さんが無事なようでそれは一安心だった。

そっと襖を閉め、少しだけ廊下を歩く。

廊下の奥、この家の隅の方には小さな空き部屋があって、そこではお父さんがひとりで寝ているはずだ。曰く「悪いものが溜まりやすい」というその場所を、変な風水のようなものに傾倒したその人は、長いこと寝室として使っている。お母さんにはそっぽを向かれ、娘には不気味がられながら。

私はその部屋の前に立ち、そろそろと襖を開ける。

中では、家族三人が布団を敷いて眠っていた。

Yちゃんとお母さんとお父さんが。

「え？」

思わず声を出した。

今、自分の目の前に広がるその部屋で、マスクをしているお母さんと、二階にいるはずの後輩と、パジャマ姿のお父さんが、川の字になって眠っている。いや、そんなはずはない。Yちゃんは二階に残してきたし、お母さんに至っては、ついさっき。

と、そこまで思ったところで。

突然、静かに目を閉じていた三人がぱっと目を開けてこっちを見た。

ひっ、と息を呑《の》み、私は腰を抜かしてしまった。派手に尻餅《しりもち》をつき、腰に鈍痛が走る。
どうしよう。玄関から直接逃げるか。いや、二階にYちゃんを残してきている。私は文字通り這々《ほうほう》の体で、階段の上り口までどうにか移動した。
そしてそのまま、階段を上ろうとしたところで。

「どうしたんですか？」

階段の上の方からYちゃんの声が聞こえてきた。

「いや、あの、あ、あんたが、寝て——て」

ぱっと階段を見上げて、目を凝らして、そこで気付いた。
階段に腰掛けているその人は、Yちゃんではなかった。
全く知らない女性が、楽しそうにこちらを見下ろしている。

「あ、あの。あなた、は」

途切れ途切れに言葉を繋ごうとする私を見て、
彼女は手を叩《たた》いてけらけらと笑いながら言った。

「もう何のためか分かんないよね」

瞬間、家のあらゆる襖が扉がドアが開く音がして、私は気を失った。

次の日、目覚めると私は二階のYちゃんの部屋の布団の中にいた。
あれ、と思い辺りを見回すと、Yちゃんの姿はない。

夢？
どういうことだろう。
そう思って上半身を起こしかけて、熱を持ったような腰の痛みに顔を顰《しか》めた。
昨日、驚いた拍子に尻餅をついたあの箇所が痛んでいる。少なくとも昨日のあの出来事は夢ではなかったのだと、私は半ば強制的に理解させられた。

恐る恐る一階に降りていくと、Yちゃんとお父さんがふたりで何やら慌ただしく準備をしていた。Yちゃんはすでにパジャマから着替え、厚手のカーディガンを羽織ろうとしている。まさに今からどこかに出かけようという様子だ。

「あ、どうもすみません。折角来てくださったのに、ご挨拶できなくて」

Yちゃんが私に気付き、申し訳なさそうに声をかけた。

父親の方も何かの支度をしながら、私の方を向いた。ああおはようございます、と軽く頭を下げるその姿は、昨日初めて会ったときと同じく、至って普通の様子であった。

彼はどうやら、大きめのバッグにふたり分の喪服を入れているようだった。

「ごめんなさい先輩、朝から慌ただしくしちゃって。入院してたお母さんがちょっと、危篤状態になったって連絡がさっき、病院から来て。今すぐ行かなきゃいけなくなったんですよ」

Yちゃんは真顔でそう言って。

「そうなんですよ、折角来てもらったところ申し訳ないんですが」

お父さんもそう相槌《あいづち》を打って。
私は訳が分からなかった。

「えっと——何言ってるんですか？　入院してたって、昨日お母さん家にいたじゃないですか。風邪引いてマスクしてて、ほらYちゃんも、お粥持って行くからって言ってたじゃん。なのに」

まくしたてるように私が言うと、
父娘《おやこ》は顔を見合わせて、ふっと吹き出すように笑った。
「ねー、先輩ってちゃんと話聞いてないでしょ？」
まるで他愛もない世間話でもするような口調で、Yちゃんは言った。
あ、駄目だ。
これ以上、ここでこの話をしてたら駄目だ。

本能でそう理解した。

「だから先輩、ちょっと朝ご飯とか用意できないんですけど。私たちもう行かなきゃいけないので」

「――ああ、そう、そうだよね。お母さんが、き、危篤だもんね。すぐ行かないと」

「そうなんですよ。随分と長患いだったから、覚悟はしてたんですけれど」

「そりゃ急がないと駄目ですよね、私もすぐ支度します」

私は駆けるようにその場を去り、一階の洗面所で顔を洗った。

もう、一秒でも早くその家を離れたかった。

顔を洗い終わり、服を着替えるために二階へ行こうとしたところで。

昨日、お母さんが寝ていたはずの部屋がふと目に入った。

私は昨夜《ゆうべ》のことを思い出す。

腰の疼痛《とうつう》も、だいぶ引いてきてはいるものの、まだ明確に残っている。

昨夜のことが本当ならば、この部屋でお母さんが寝ているのを確認したのも本当であるはずだ。ならば、その痕跡《こんせき》も残っていなければおかしいだろう。
父娘はまだ玄関のあたりで準備を続けているようだ。
私は少し考えたあとで、意を決し、こっそりと部屋の襖を開けた。

思わず息を呑む。
そこはただの物置だった。

部屋の広さすらも、あのとき見たものとまるで違っていた。
布団も敷かれていないし――と、そこで気付く。
物置の中央、昨日お母さんが眠っていたあたりに、
何故か段ボールがひとつ置かれていた。
みかん箱ほどの大きさの段ボールが、横向きに置かれている。
それ自体も不可解なのだが、もうひとつ不可解な点があった。

段ボールの底や上部は開かれており、箱ではなく四角い筒のような形になっている。その状態で、段ボールは部屋の真ん中に立っていたのである。

そんな状態で、段ボールは筒の形のまま立つものだろうか。

底と上部は開かれた状態で横向きに置かれているのだから、よほどバランス良く立てられていない限りは、箱はぱたりと平たく潰れてしまうだろう。なのにその箱は、こうしている今もその形を保ち続けている。

その段ボールに注目して、目を凝らす。

すると。

箱の中から突然、にゅっと現れた顔と、目が合った。

それはあの家族の誰にも似ていない、中年女性らしき人の顔だった。

筒状に開かれた箱の両端に見えるはずの首から下は無く、まるで首だけがそこに現れたように見えた。

女性は無表情のまま、固まった私の顔を数秒ほど見つめ。

「わたしたちは」

とても平板な声でこう言った。

「身の丈に合った場所を見つけただけです」

私は――

そのまま静かに襖を閉め、二階へ向かった。

途中でYちゃんとすれ違い、「先輩、何やってるんですか」と不思議そうに声をかけられたが、「あごめん、帰る、帰る」と私はひたすら呟《つぶや》いていた。

二階に置いてあった荷物を取り、急いで服を着替え、玄関で別れを告げた。

「それじゃあ、またね」

「はい。昨日からありがとうございました」

「それじゃあ、ちょっと私たちは急ぎますので」

父娘はにこやかに笑いながら言って。
玄関から出ていくことなく、
すたすたと迷いのない足取りで廊下の奥まで歩き、
一階の一番奥にある小さな部屋の襖を開いて、連れ立って中に入った。

ぱたん、と襖が閉まる音がした後で。

「──あは」
「ふっ、くく」
「う、ふふふふ」
「はははははは」

部屋の中から、少なくとも五人以上の含み笑いが聞こえてきた。

私は速やかに家を出た。
改めて中庭を見ると、昨日見たときは確かによく手入れされていたはずの砂場や花壇は、ぼろぼろに荒れ果てていた。伸び放題の雑草でよく見えないが、砂場のあたりには真っ黒に錆《さ》びついた子供用のスコップがひとつ刺さっている。

飛び出すように家を出たとき、近所を歩いていた男性に呼び止められた。

「あなた、この家の人の知り合い？　大丈夫なの、この家――というか、あなたは大丈夫だった？　危ない目に遭ったりしてない？」

男性はとても心配そうに、私に話しかけて。

まあ、一応大丈夫でした――と私が答えると、彼はとても安心した様子で息を吐いた。

「ああ、良かった。全くさ、あんな足を引っ張り合うようなことしてたら、見える幸せも見えなくなっちゃうだろうにね」

ああそうですね、と私は早口で返して、ほとんど全力疾走でその場を去った。

なお、それから一切、Yちゃんと会うことはなくなった。

サークルの人にそれとなく、彼女はどうしているかと訊いたことはあったが。

「ああ、昨日見かけました。元気そうにしてましたよ。電気屋さんで見かけたんですけど、なんか裏口から出てきて、いっぱい段ボール持ってました」

もう今となっては、近況を聞くことすらなくなった。

いい子だったんだけどな。

幕間 I

加：こんばんは。「梨《なし》」さん、先輩、僕の声は聞こえていますでしょうか。

か：大丈夫、お前の声、みんなに聞こえちょんよ。繋《つな》がってる。

加：急な大分弁はやめなさい。今日のこれは、将来的に活字になるんですからね。いつもの配信みたいな笑いの要素は、ゼロでいいんです。梨さんの取材に答えることに専念しましょう。じゃ、色々と話す前に、軽く自己紹介を。先輩からどうぞ。

か：えーっと、じゃあマジメに行くわ。怪談ツイキャス「禍話《まがばなし》」の語り担当のかぁなっきです。

加：そして僕は、相槌《あいづち》担当の加藤《かとう》よしきと申します。では続けて「禍話」について、軽く説明しますね。「禍話」はですね、毎週土曜の夜十一時から一時間～一時間半ほどやっている、怖い話をする配信でございます。先輩が――かぁなっきさんがする怖い話を、みんなで聞きつつ、雑談やモノマネをしたりと、そういう配信です。

か：だって。怖い話をするそうですよ。

加：なんで他人事《ひとごと》なんだよ（笑）。怖い話をするのはあなたでしょ。もう十年近く、飽きもせずやってるんでしょうが。えーっと、それで、今回は何故僕らがインタビューというか、こうして対談に駆り出されているかと申しますと。この「禍話」に関する、ある「奇妙な配信」について話をしてほしいと——今、画面越しに相槌を打っている作家の梨さんからですね、色々な連絡をいただきまして。

か：そうそう。元をただすと、実は梨さんに今回の話をもらう前の時点で、「禍話」のリスナーさんから、この件についての問い合わせが来てて。それが確か……二年前ぐらいだったかな、だから二〇二二年とかそれぐらい。

加：あ、先輩個人のところにはそんな前から、その配信に関する問い合わせが来てたんですね。で、じゃあ、さっきから出てる「奇妙な配信」って何なんだ、という話になるんですが——ざっくり言うと、**「存在しない回」**ということになるんですかね？

か：んーまあ、そうかな。俺も全容を分かってるわけではないんだけど、要は「俺自身は全く身に覚えがないけど、俺が怖い話の配信をしていた」ってDMを、ちょくちょくいただいてて。

加：しかも、その配信は断片的な話じゃないんですよね。普段の配信で紹介するようなやつじゃないと。例えば、「夢でかぁなっきさんが『禍話』をしてて、すごい怖い話だった」とか、「配信を聞いてる途中に寝落ちして、起きたらとある話の途中だったけど、後になって聞き返してもそんな話はなかった」とか、そういうリスナーさんの体験談はけっこうあるんですよ。「禍話」自体、もう何年もやってますから、それくらいのことならあるかなと思いますが……。今回は一～二話とかの話じゃなくて、普段の配信と同じくらいの分量で、丸々一本分配信していたと。

か：そう。それで色々詳しく聞いてみたら、その配信を聞いたって人の話がさ、なんか共通してるっぽいんだよね。もちろん全部の体験談がではないけど、一部の話は。

加：共通してるっていうのは、その**「存在しない回」**のディテールがっていう。つまり語られた話だったり、「配信中にこういうことがあった」みたいなのが、聞いた人のあいだである程度は一致していると。

か：そうそう。まあ基本は「禍話」だからさ、俺がいて、加藤くんとか聞き手がいて、それで怖い話をしてるわけじゃん。それは変わんないし、声的にも俺が話してるっぽいらしいんだけど、なんか違うんだって。

加：似てるけど違う、みたいな。僕らのなりすまし、なのかもですが……。

か：そんなことしても何のメリットもないじゃん。特にキミになりすましても、社会的な自殺と言っていいよね。

加：酷《ひど》い言い草である。でも、実際なりすましなんて、やるメリットはないですよね。有料のライブもやりますけど、普段の配信は無料ですもん。

か：なりすましではないんだよ。多分ね。とにかく、以前に俺のした話を、俺っぽい誰かしらが話してるんだと。まあつまり「多分かぁなっきさんだと思うんですけど、こういう配信してませんでしたっけ？」みたいなニュアンスの質問が来るわけよ、DMとしては。で、その配信の内容なんだけど、これがまたイマイチよく分かんない。「どういうこと？」って感じでさ。

加：ああ、はいはい。

か：その配信の「俺」は過去の話を、傑作選的な感じでやってるんだと。だから「かぞくの家」とか「ダンボールの家」とか、ああいう既に話したやつを、もっかい語り直してたんだって。

加：年の瀬にあの話をもう一度、的なのはちょくちょくやってますけど、それとは違うんですよね。

か：うん。それとさ、どの話も微妙に「違う」んだって。話し方とか内容とかが。例えばちょっと前にやった「かぞくの家」って話さ、あの家と家族がおかしなことになって、家を飛び出したら近所の善良なおじさんからめっちゃ心配されて、そこで終わりだったじゃん？

加：はい、そうでしたね。

か：でも、その配信では「先」があったって言うんだよ。もちろん俺はそんな形で話した覚えはないわけ。

加：善良なおじさんに心配されて終わり、じゃなかったわけですね、その配信では。語った本人も知らない情報が付け足されていると。

か：とか、話の人称自体が定まってなかったりね。俺の話だと基本「〇〇って奴がいたんだって」みたいな、伝聞として話すことが多いじゃん、当たり前だけど。でも、その配信で話されてるやつは、その視点もごっちゃだったりして。「〇〇だったらしい」って言ったと思ったら急に「そこで俺は」って自分視点になるみたいな。だから梨さんも、今回ある事情でその「存在しない回」をリライトしてくれたんだけど、視点が変わるせいで、「じゃあその話は何視点で書けばいいんだ」ってちょくちょくなったらしくて。

加：それは話し方が下手ってことでもないんですよね？

か：どうだろうね？　でも、俺が気にしてんのは別の部分なんだよ。例えば何かの家にまつわる話があったとしてさ？　その配信だと「それはこんな場所でした」って、写真とか動画を普通に上げてたりしたんだって。俺そんなことしないじゃん。当然だけど。まずそんな写真や動画に覚えがないし、仮に持ってても上げないよね。

加：絶対ないですね、配信で実際の画像や動画を上げることは。

か：そうそう。だけど、お話によっては「画像付き」だったり「動画付き」だったりしたんだって。でも流石に「そのもの」って中々上げないじゃん俺は。いや俺じゃなくてもそうだけど。

加：まあ怖いですからね。単純に責任が持てないっていうのもありますし。っていうか、いよいよ僕らじゃないですね、その配信やったの。先輩はそんなことする人じゃないし、僕がいたら止めますよ、そこは。

か：でしょ？　だから確実に俺ではないんだけど、「この前、こういう配信をしましたよね？」みたいな問い合わせが今もちょくちょく来るし、一部のリスナーさんのあいだでも、「あった、あった」みたいな話になってんのよ。どう？　気持ち悪くない？

加：それはだいぶ気持ち悪いですね。けど、聞いたって人がいて、問い合わせまで来てる。そうなると、そういう配信があったのは確かなんでしょうね。

か：うん。で、そこの画面にも映ってるホラー作家の梨さんが、その情報を聞きつけて、ちょっと詳しく調べさせてください、となって。で二〇二四年の春ぐらいに、一回リスナーさんに訊《き》いてみたんだよ。結構大々的に。

加：そうですね、フォームとか作って。「こういう配信があったらしいです、知りませんか」と。便宜的に「禍話　第n回」って名称を付けたのはその時でしたよね。

か：そしたら結構集まったんだよ。「この話がされてたのは覚えてる」ぐらいのものが多かったけど、人によってはかなり詳しいところまで言及していて。せっかくだし、集まったやつから幾つか引用してみようか。例えば「S町の凧《たこ》」という話があって、この話にはある写真が出てくるんだけど、「元の話ではモノクロと言っていたが、画面に出ていたのはカラーだった」とか。別の話でも画像を見たって人がいて、「和室の中央に立てられた段ボールから顔のようなものが出ている、そんな画像を見た」とか。これはドントさんの提供だったかな。

加：ドントさんっていうのは、「禍話」のヘビーリスナーの方ですね。毎回、先輩の話すエピソードに逐一タイトルをつけてくださっている――タイトルをつけるってどういうことなんだっていうのは、後で説明しますね。それにしても……うーん、改めてアンケートを確認すると、どれも「禍話」っぽいですけど、こんな展開は聞いた覚えはないですね。

か：でしょ？　アンケートの結果を見てると、ちょっと変な感じがするんだよ。自分の知らないところで話が勝手に増えてるみたいで。リライトとか、二次創作の自由を謳《うた》っておいてアレだけど。加藤くんはいいよ、聞き役だから。話を集めて、語っている立場の俺は、ストーカーされてるみたいな感じでさ。

加：二次創作の件もまた後で話すとして、なんか据わりが悪いというか、たしかに気持ちが悪いですね。それに、なりすましとは違うってさっき仰ってましたけど、明らかに「自分に似た誰か」はいるわけですからね、それだけたくさんの人が聞いてるってことは。

か：そうそう。あ、それで思い出したんだけどさ。もうひとり、七色トルエさんってリスナーの人からＤＭが来てて。ちょうど梨さんから調べたいって連絡があった前後なんだけど。それはまあ、よく俺んとこに来る夢の話なのよ。

加：「禍話」のリスナーさんは、変な夢を見ることには定評がありますからね。まぁ、配信時間が深夜だから、寝る前に聞いたら、悪夢方向に引っ張られるのはあるのかなと。

か：ちょっと引用するね。所々飛ばすんだけど。

夢にかぁなっきさんが出てきました。
夢の中ではかぁなっきさんと私は親しげに話せる距離感の間柄のようで、飲み会？　居酒屋に大勢でいました。座敷席で、そこに座っている他の人たちは知らない人ばかりでした。かぁなっきさんの隣にたまたま私は座っていて、かぁなっきさんの話を楽しく聞いていたってだけの夢なんですけど。
起きてから違和感に気付いたんですが、かぁなっきさんの顔がありませんでした。ありません、というかかぁなっきさんの顔全体に真っ黒い丸？　影？　みたいなものがかかっていて、［中略］吸い込まれるような黒丸でした。

……こういう夢の話がＤＭで来たわけよ。

加：なんか、よく分からないけどストレートに気持ち悪い話ですね。先輩の顔が黒丸になっているっていうのは。

か：浅はかだな、キミは。

加：急に手厳しいな。どういうことです、それ？

か：俺はそれより気になることがあって。「第ｎ回」をやった、なりすまし？　の人の話もそうだけど、**「俺」が何人もいる**みたいな話でさ、なんかね。

加：ああ、先輩視点で見ると、そういう捉《とら》え方もできるのか。なりすまされたり、夢の中に出てきたり。先輩的には気持ち悪い感じはあるかもですね。まぁ、そんな感じで、ＤＭにせよフォームにせよ、その配信──「第ｎ回」に関連するかもしれない話は、結構集まったんですね。

か：そう。で、それを梨さんがリライト（文章化）した原稿がここにあるから、これを確認しながら、当事者である俺たちが対談して、思うところや、気付いたことを、自由に話していこうと。これはそういう場ってわけね。あっ、ちなみに……「なお、各話のタイトルは便宜的に筆者が附したもので、配信中に紹介されたものではない」らしい。「視点が曖昧な話に関しては、話ごとに筆者の判断で視点と人称を統一して」書きました、と。これがその、梨さんが「リライトした話」の一覧ね。

加：怖い話があって、僕らがそれを読んであれこれ言うと。ある意味、普段の配信みたいな……いや、その「第n回」をなぞるというか、辿っていく形になるわけですね。

か：そして、この俺らの対談を混ぜつつ、「第n回」を書籍化して一発当てようと（笑）。ＫＡＤＯＫＡＷＡさんに梨さんが話をつけてくれてね。

加：急になまぐさい話をしないでください。まぁ、それはさておき……正直、気乗りはしないんですよね。こういう変なことに関わるの。とは言え、調査を買って出た梨さんに「調べてください」と答えたわけですし……。とりあえず、やってみますか。

か：じゃあ、順番通り、次はこの二つを見ていこうか——あ。その前にちょっとしておきたい話があってさ。俺が気にしすぎなのかもだから、書籍には載せなくていいんだけど。情報を募集した時、「いつ『第n回』を聞きましたか？」って質問もしてたの。「覚えてません」って人もいたけど、割と共通の日付があって。それが十月十日だったんだよ。

加：それがどうかしました？

か：キミね……イイ加減に覚えとけよ（笑）。まぁ、大したことじゃないし、だから何だって話なんだけどさ。

加：はあ？　十月十日って、何かありましたっけ？

か：俺の誕生日じゃないか。

二二 工業

地元を出て碌《ろく》に帰らずにいるうちに、小中学校のときの友人とはめっきり会わなくなった――なんてことは、結構あると思いますが。これは、そういう男性の話です。

彼――仮にMさんとしましょうか。Mさんが久しぶりに実家の母親と電話をしたときに、母親が彼に訊《き》いてきたそうです。あんた、小学校の同窓会あるって連絡来たけど行かないの、って。元来あまり同窓会とか行きたくないタイプだったので、若干答えに迷ったらしくて。

でも別に仲が悪かったわけではないし、そのまま親に直接「行かない」って答えるのも気が引けるからと、彼は話の流れで同窓会に参加することにしたんです。長らく親に直接顔を見せることもなくなっていたし、有給も溜《た》まっている。地元に帰るのにはちょうどいい機会だと。


当日、母親が預かっていた招待状を見ながら彼は会場に着きました。それは地元でもそこそこ大きなホテルの一階で、子供の頃は行ったこともなかった煌《きら》びやかな場所でした。これは同窓会あるあるだと思いますが、直前までは若干行きたくなさが勝っていても、行ってみると意外に楽しいんですよね。特にその代では初めての同窓会だから、参加する人もそれなりに多くて。

おお久し振り、ごめん全然気づかなかったわ。あ、子供いるんだな。最初はたどたどしく話題を探していた彼でしたが、一度話し始めてさえしまえば積もる話はいくらでもあります。数十分もすれば、彼もすっかり上機嫌で思い出話に花を咲かせるようになっていました。

あまり強くないからと普段は自制しているお酒も、そのときに限っては勧められるままにどんどんグラスを空けちゃって。結構早いうちから、彼は酔っ払いかけていたんですって。

もうこれ以上飲んだらちょっとヤバいから止めとこうとなるラインの、ぎりぎり上。自分でも気が大きくなってるのが分かるくらいにはお酒が入ってて、でもそれを認識できるくらいには理性が残ってる、そういう瀬戸際でふらふらしてる時間帯、あるじゃないですか。あの状態で結構長いこと話し込んでたらしくて。

気付いたら彼は、行く前までは断ろうとしていた二次会に自分から参加して、居酒屋の四人掛けテーブルで同窓生と一緒に騒いでたそうです。

もちろん、彼だけでなく他の友人たちも同じく出来上がってて。よくよく考えたら当時そんな、言うほど仲良くはなかった人たちと飲んでたらしいんですけど、全員そんなこと関係なく、普段より三割増しに大きな声で盛り上がっていたそうです。

その卓は男同士四人で、当時よくつるんでた仲良しグループ三人とMさん、というメンバー。早い話、Mさんはちょっと内輪の外にいたわけですが、もうお互い飲みすぎて変なテンションになってたから、四人ともまったく気にしていませんでした。今から思うとそんなでもないエピソードトークでも、がはがは笑って。記憶にない思い出を話されてもその楽しそうな雰囲気に当てられて笑っちゃう、そんな状態で。

暫《しばら》くすると、幹事の人が席を立って、周囲に向かって声を上げました。この辺で二次会は解散とさせていただきます、三次会以降は各々で好きにやっちゃってくださいと。居酒屋のほかの卓の人たちも、そこで何となく帰りだす雰囲気になりました。

Mさんを含めた四人も、三次会までは行かずにそのまま解散することになりました。ただ帰る方向は一緒だったので、そのまま繁華街から住宅街への道を一緒に歩いていくことにして。まあ傍迷惑《はためいわく》な話ですけど、肩組んで母校の校歌やアニソンをがなりながら、街灯もまばらな夜道をふらふら歩いてたそうです。

そんな状態だから、道のりも若干怪しくて。特にMさんは久しぶりの地元、それも暗い夜道を歩いてるわけですから、少なくとも最短のルートではなかっただろうと思います。でも、そんなことを気にする人もいなくて。とりあえず大通り沿いに歩いてれば着くって、いいだろ酔い覚ましにちょっと歩こうぜ、そんな風に言い合ってげらげら笑ってたそうで。

そしたら、そのうち住宅街にほど近い、知らない道に出て。

友人の誰かが、呂律《ろれつ》の回らない口調で話し始めました。

「あ、ここ。懐かしいなあ」

「んあ？　ああ、ここか。よく通ったよなこの道」

Mさんには覚えがなかったんですが、三人の仲良しグループの面々には覚えのある、懐かしい道だったらしく。

「なに、ここよく歩いてたんか？　思い出の道ってやつ？」

「まあ、道がっていうか、この辺にあった建物によく行ってて——何だっけ」

「ああ、あれだろ？　覚えてる覚えてる。二階建てぐらいの工場だよな」

「工場？」

「えっと……確か」

あ、と友人のひとりが顔を上げました。

「思い出した。[redacted]工業だ」

「ああー、そうだ。[redacted]工業」

「懐かしいなあ、よく思い出せたなお前」


楽しそうに話を続ける三人を横目に、Mさんは首を傾げました。


何て言った？　今、こいつら。

彼らが何度も口に出す建物の名前、その最初の部分がうまく聞き取れないんです。頭の中で漢字に変換できないとか、呂律が回ってないせいで単語が分からないとかではなく――うまく言えないんですが、ぼわぼわと靄《もや》がかかってるように、その部分だけを自身の頭は、言葉として認識してくれない、というか。

それでもMさんは、それが何という言葉であるのかを詳しく訊こうとはせず、ただその楽しそうな雰囲気に当てられて、一緒になって笑っていたそうです。


「へえ、そうなんだ。お前ら三人が、そこによく通ってたの？」

「そうそう。[redacted]の親父が切り盛りしててさ。同級生の親父が営《や》ってるとこで、行けばお菓子とか貰《もら》えるからって、よく行ってたんだよな」

「まあだから、要は溜まり場だな」

「親父さんもいい人だったよなあ、今にして考えればさ」

「ふーん、そうだったのか」

思い出話をしながら意気揚々と歩く三人に半ばついていくような形で、Mさんは歩を進めます。その場の雰囲気で、何となくその場所を目指して歩いてみることになっていました。

「今も営業してんの？　その——工場は」

「いや、もうとっくに潰《つぶ》れてるよな」

「うん。高校卒業するよりも前だったな」

「あ、そうなのか。行ったことないから、知らなかった」

そんなMさんの返事に対して、
友人のひとりが何でもないような口調で答えました。

「確か、社員が首吊《つ》ったんだよ」

「え？」

突然の不穏な言葉にMさんは顔を上げ、彼らを見つめます。

他の友人もそれが既知のことであるためか、こともなげな表情で相槌《あいづち》を打っていました。


「[redacted]工業が潰れたせいで、社員の人が首吊っちゃって」

「や、確か違ったよ。潰れたから首吊ったんじゃなくて、首吊ったから潰れたの。逆、順序が」

「あれ、そうだっけ。あはは」


それまでの思い出話の延長線上みたいに、三人が楽しそうに話している。


「……え、首、吊ったの？　俺らが高校生のときに？　この地区で？」

「そうそう、三人吊ってる」

「――さん、にん」

「あ、ごめんな急にこんな話して。同窓会帰りにする話じゃねえよな」

「あ、いや、大丈夫。ちょっとびっくりしただけで」

「まあ、そうだよなあ。俺らも当時滅茶苦茶びっくりしてさ」

「…………そう、か。そうだよな」

「でも確かに、当時も意外とニュースにならなかったよな」


衝撃の事実を飲み込めずにいるMさんの少し先で、三人は話を続けました。


「確か、資金繰りが悪化してたんだっけ。給料が払われてなかったとか」

「いや、パワハラとかではないんだけど、一年ぐらいしたころに親父さんがさ、[redacted]始めちゃって」

「覚えてるわそれ。親父さんの親戚《しんせき》だっけ？　あの女、[redacted]が来てから、なあ」

「そうそう。怒鳴ったり、手足になんか塗り始めたり——親父さんもなんであんなに[redacted]に傾倒してたのか分かんないけど、不気味だったよな」

「あ。M、一応言っとくけど俺らは[redacted]なんてやってないからな？　お前たちもしないかって勧誘されたことはあったけど、適当にへらへら笑って誤魔化してたから」

「……えっと、それってよく分からないけど——儀式、みたいなもんなのか？」

「うーん、まあそれもちょっと分かんないんだけどな。それがこじれて結局、三人首吊っちゃって。社員の人も全然取り乱してる様子がなくてさ、生贄《いけにえ》？　みたいなこと言い出して」

「末期はマジでおかしかったよな。俺らにくれたお菓子とかジュースも変な味がしてさ。なんかヤバいもん入ってんじゃねえかって思ってたわ」

「あ、そうだ思い出した。最後、[redacted]った末に親父さんが死んだときにさ。葬式行ったろ？　俺ら」

「あー、うん」

「あんとき、明らかに見覚えのない、すげえ真剣な顔のおじさんが来ててさ。今にして思えば、あれ絶対刑事だよな」

「え、マジで？　それは覚えてねえわ」

「マジマジ。そりゃ明らかに不審死だったからなあ」


　彼らの話を、Mさんはただ聞いていることしかできませんでした。

　自分は、ここにいてもいいのだろうか。

　そんな言いようのない疑心、或《ある》いは不安感が募っていくのを感じながら、彼はゆっくりと他に人のいない夜道を歩いていました。

「結局、誰だったのかな。あの女は」

「うーん……俺も、親父さんの親戚ってことしか聞いてなかったんだけど。個人的にはあの人、親父さんの[redacted]だったんじゃねえかなって思ってんだよな。愛人というか、教祖というか――あ」

そこで彼らは、ふと足を止めて、正面を見上げました。

「ここだよ。[redacted]工業」

「え？」

Mさんの視線の先には、ぼろぼろの廃墟《はいきょ》がありました。

正面の門には看板があり、そこには建物の名前が書かれているのですが――やはり「工業」の上にある二つほどの文字は、なぜかぼやけたように見えなかったそうです。

その建物は、窓ガラスには明かりもなく、ましてや警備員もおらず、ただ住宅街の外れにぽつんと在る手付かずの廃墟、という印象を受けるものでした。

誰かが「あれ」と頓狂な声を出しました。

見れば、建物の出入口のあたりに、ビジネス用ぐらいの大きさの鞄《かばん》が置かれていました。

落とし物？　随分古いなこの鞄。こんな建物の真ん前に落とすなんて有り得るか？　彼らは口々に言いながら、その鞄の周りに集まります。

そのまま友人のひとりが鞄を開ける。

中には。

干涸《ひから》びた動物の足が入っていました。

「――ひっ」

全員が同時に息を呑《の》みました。

本物か偽物かは分かりませんが、恐らくそれは鳥の足で、鞄の中には他にも色々なものが入っていました。ぼさぼさに毛羽立った麻紐《あさひも》。「読めない」文字がびっしり書かれた藁半紙《わらばんし》。鞄が膨らむくらい、ぎっしりと。

Mさん以外の三人は顔を真っ青にして、口々に言いました。

「――ヤベえ、これ親父さんが[redacted]に使ってた[redacted]じゃねえか」

「ってかこの鞄、よく見たら親父さんが持ってたのと同じじゃね？」

「なんで？　なんで今これが、この家の前に」

瞬間、
建物の中から足音が聞こえてきました。
どたどたと騒がしく響くその音は明らかに、
建物の階段を降りてこちらに向かってくる足音で。

絶叫とともに、目の前の友人三人が一斉に逃げ出しました。

「――あ、ちょっと、待っ」

少し遅れて、Ｍさんも走り出しました。
でも、この辺の土地勘もないし、長らく運動なんてしてなかったから、彼は三人の背中についていくので精一杯だったんです。少し先を走ってる三人が角を曲がったことで一瞬、彼らに取り残される形になって、そのときに自分の後ろでドアが開いた音がしました。

　来てる、何かが。

Mさんもそこで怖気《おぞけ》を震うほどの恐怖を感じて、無我夢中で三人を追いかけました。彼らと同じように角を左に曲がって、そしたら彼らの背中が見えて、一瞬安心したんですが、そのすぐあとに自分の後ろで「何か」の呼吸音がしたんです。は、は、は、と小刻みに聞こえてくるその音は、まるで「何か」が自身の存在を強調するみたいにわざとらしくて、そのわざとらしさが余計に怖かったんですって。だって、そんなアピールをするってことは、明確に自分に意識を向けてるってことじゃないですか。

無我夢中で走りました。

胸が痛い。
角を曲がる。
後ろで何かが息を吐く。
喉《のど》の奥から血の味がする。
みんなの後ろ姿を追いかける。
彼らの姿がまた見えなくなる。
不安に駆られてスピードを上げようとする。
ようやっと左折したとき「何か」の息はもはや首元に届いていた。

ヤバい。

ヤバい。

追いつかれる。

再び曲がり角が見えたあたりで、彼の足がもつれた。


「痛っ――」


Mさんは自分が転んだことに気付いたすぐあとで、「それ」が意味することを悟りました。

もう駄目だ、と思って振り返ると――

そこには何もいなかったそうです。


あれ。

先ほどまですぐそばで聞こえていた呼吸音も、ぱたりとなくなってる。

なんでだろう、と思いながら、彼は強打した膝《ひざ》を庇《かば》いつつ、先ほど見えた曲がり角までよたよたと歩きました。先を走っていた友人たちと同じ方向に、角を曲がる。

目の前には、先ほどの建物の看板が見えました。

「…………え？」


戻ってきてる？

と、そこで気付きました。

さっきまで自分が無我夢中で走っていた道。

まず最初の角を左に曲がる。次も左。次も左。そして今、自分は友人たちに倣って曲がり角を左に曲がって。


「俺ら、同じ場所ぐるぐる回ってんじゃん」


ぽつりとMさんが呟《つぶや》いた、そのとき。

自分の後ろから、友人たちの声が聞こえました。

彼らはさっきまでと同じように叫びながらばたばたと走っていて、今視線の先にいる自分の姿も見えていないようでした。

「おい、ちょっと待ってってお前ら、なあ」

彼の必死の呼びかけもむなしく、三人はMさんの眼前を走り抜けていきました。

彼らの後ろ姿を呆然《ぼうぜん》と眺め、ふと先ほど弾《はじ》かれるように駆けだした正面玄関のあたりを見ると。

さっきまで鞄があった場所に、女が立っていました。

全身に赤い包帯のような布を無軌道に巻いた痩身《そうしん》の女性が、正面の道路を見るようなかたちで立っていて、両手を前に突き出していたそうです。それは明らかに人間でないとMさんは直感しました。ほとんど木の枝みたいに痩《や》せ細った両手の指は。

なぜか、何本か折り曲げられていました。

それは誰なのか。

いま自分たちの身に何が起こっているのか。

何もかも分からないまま、彼はただぼうっと「それ」を眺めていました。

再び、遠くから三人の声が聞こえました。

彼らはやはりさっきと同じようにぐるぐると建物の周りを走っていて、その表情は完全に我を忘れているようでした。Mさんにも、そして正面玄関の女性にも、全く気付いている様子はありません。

どたどたと足音を立てながら、彼らが正面玄関を通り過ぎる。

そのとき、女性は突き出した指を一本、ぺたりと折り曲げました。


「ろー、く」


彼女は。

彼らが何周したかを、数えていました。


それに気付いたとき、Mさんはそれまで感じていた恐怖よりも、数段恐ろしい何かを感じたそうです。彼はその建物に背を向けて、友人たちのことも女性のことも放って、ただひたすらに走りました。存外に早く知っている大通りに出て、汗だくの自分を若干怪しむタクシー運転手に自宅の住所を伝え、その日は家に帰ったそうです。

翌日、彼は当然ながら、友人たちと連絡を取ろうとしました。

三人とも飲みの席で電話番号を交換した記憶があったので、携帯電話の履歴と電話帳を見たんですが——番号の登録はおろか、発信の履歴すらなかったそうです。確かにあのとき番号を交換して、何ならメアドだって教えたのに。受信メールにも送信メールにも、その痕跡《こんせき》はない。昨夜《ゆうべ》ホテルの周辺で誰かが怪我をしたという情報も、やっぱりない。
結局、三人と連絡を取ることは、今も出来ていないそうです。

ちなみに、これは後日談なんですが。

ある時、Mさんの女友達が、ちょっと行きたいところがあるから付いてきてくれ、と言ってきたんです。そこはとある駅の近くにある、よく当たると噂の占い師がいるところで。恐らくひとりで行くのは多少怖いからということもあって、彼に付き添いをお願いしたんですって。彼も断る理由は無いから承諾して。

当日も結構並んだらしいんですが、漸《ようや》く彼女の番になって、ふたりして席に着きました。テーブルを挟んで向かい側には妙齢の占い師がいて、自分は占われる側じゃないからと、Mさんは何も言わずにただそっと座ったんです。

女友達が、じゃあお願いします、と話しかけたら。

占い師は彼女には目もくれず、Mさんの目を見てこう言ったそうです。

「際どいところでしたね」

「え？」

「名前が聞き取れなかったのは、本当に良かったですよ」

占い師はそれ以上、彼には何も言わなかったそうです。

以上、[redacted]工業の話でした。

いながいながいな

そこまで最近の話じゃないから、もう話せるかな。

別に幽霊とかそういう話じゃないんだけど――

とにかく、気持ち悪いなって、思った話で。


だいぶ前、大分にある実家に帰省してさ。確かゴールデンウィークだかシルバーウィークだか、ちょっとまとまった休みが取れたから暫《しばら》く実家でゆっくりするのもいいかっていう、特に目的のない帰省で。

何日かだらだらしてたら母さんが、ちょっと悪いんだけどお前葬式出てくれない、って言ってきたんだよ。


ん、誰？　誰か死んだの？　って訊《き》いたら、隣町の誰々さんの息子さんが急に亡くなったらしいんだと。名前も聞いたんだけど、俺は全然知らない人なのね。親どうしで多少の繋《つな》がりはあるらしいんだけど、自分は全く会ったことがない。名前聞いても別にぴんとこない。そういう人。

よくよく聞いたら、何親等かもはっきりしないような遠い親戚《しんせき》で、そこのご長男が亡くなったと。大学生ぐらいで。それも結構急なことで、朝起きてこねえなと思ったら冷たくなってて救急車呼んだみたいな感じだったんだって。まあ若い人でもそういうことってあるから、それ自体はまあそうかって思ったんだけど、問題は「なんで俺が行くんだよ」ってことで。

もちろんその人とは年齢も近かったし、もし記憶はないけど小さいころよく遊んでたとかなら全然行くんだよ？　でもそういうこともない、本当に初めて会う人の葬式で。何なら母さんが家族代表として弔電入れるだけでも十分義理は通るでしょっていうそのぐらいの関係だったわけだよ。

だけど、ちょっと家空けらんないから、悪いけど行ってくれって言われるし。俺としても人の葬式行くのに滅茶苦茶ごねるのもそれはそれで心証悪いから、多少変に思いつつ、じゃあ分かった行くわって。でも喪服とか持ってないぞって言ったら、昔買ったのが家に残ってるって言うから、当日それ着て行ったんだよ。


葬儀会場まで行ったら、入口にさっき聞いた名字が書いてあるの、○○家葬儀って。やっぱり聞いたことないよなあって思いながら、誰々ですって受付の人に香典渡して名前とか書いて。

もうすぐ葬儀が始まるって時間帯だったから、ご遺族への挨拶《あいさつ》もそこそこに、俯《うつむ》きがちにすすーっと会場に入って、後ろの隅の方のパイプ椅子に座ったのね。そしたら割とすぐにお坊さんが来て、読経が始まって。

暫くそのままぼうっとしてたら、お焼香の時間になってさ。俺の順番が回ってきたから、ああじゃあ、って席立って、棺《ひつぎ》と遺影がある前の方に歩いてったんだよ。で俺、入るときも俯いてさっさと席に着いたし、座った席も後ろだったから、あんまり前の方見てなくてさ。そこで俺、初めて気付いたんだけど。

膝《ひざ》が出てんの。棺から。

分かる？　俺は焼香するとこにいて、ちょっと前ではお坊さんが読経してて、そのすぐ前に棺があるじゃんか。だから俺からは、棺の顔とか中は見えずに側面が見えてるわけ。

その、棺の中から、両膝が出ちゃってるんだよ。

軽く曲がった、立て膝みたいな状態で。

え？　って、一瞬思って。

それで、まず理性的に考えようと思ったんだよ。

なんかたまにご遺族が動揺して、サイズの違う棺を頼んじゃうみたいな話があるらしくて。それかなってちょっと思ったんだけど、でもそんなわけないじゃん。サイズが違うっていうのは精々、足首をちょっと曲げれば入るぐらいの話で、そんなひとまわりもふたまわりも小さいものに入れるわけがない。

それに棺のサイズを間違えるっていうのもだいぶ昔の話で、今は業者さんが上手い具合に全部やってくれるし。あんなレベルでサイズが違うなら、無理矢理入れずに違う大きさのを持ってきてもらうでしょ普通。

膝が出てるってことは、棺の蓋《ふた》も閉まってないってことじゃん。普通は葬儀のときって顔のところだけ開けてるはずなのに、それすらも出来てないんだよ？　ご遺体なんて一番丁重に扱うものなのに、そんな乱暴に押し込めるなんて有り得ないでしょ。

でも、周りの遺族も親族も誰も動揺してないし、誰も突っ込んでなくて。葬儀の真っ最中だから変に声を出すわけにもいかなくて、そのまま焼香してさっきの席に座り直したんだよ。

それで、やっぱりなんか気持ち悪いよなあって思いながら、もう一回その棺がある方を見たのね。さっきは棺にばっかり注意が向いてたから、そういえば遺影とかお花とかすら見てなかったと思って、ぱって前見たら。

一瞬声が出そうになって、必死に抑えたんだよ俺。

その遺影、額から上が完全に見切れてたの。
眉《まゆ》のとこから上が、無いんだよ。トリミングされてて。
そんなわけないじゃん。遺影なのに。いくら急に亡くなったからって、顔全体が写ってる写真を用意できないなんて、絶対有り得ないから。

あと何よりも気持ち悪いのがさ。
俺、その遺影を見たときに、何でかこう思ったんだよ。

「うわ、長くなってる」って。

そう思った瞬間、鳥肌が止まらなくなって。
いま目の前で起こってることもだけど、自分が咄嗟《とっさ》に「そう」思ったことが、すごく気持ち悪くて。なんでそう思ったのかも、「長くなった」から何なんだっていうのも全然分からないんだけど、それが余計に怖かった。

葬儀が終わって、泣き腫《は》らした目の女性、多分お母さんが挨拶に来てさ。

わざわざありがとうございますって、言ってくれるんだけど、もう俺前向くこともできなくて。ずっと俯いて、はい、はい、って小さく返事してた。

「急なことで、写真の準備もなくて。ほら今の方って、写真をあまり撮らないでしょう？　だから、使える写真が見つからなくって」

今の人は寧《むし》ろ写真いっぱい撮るよな、とかそういうことは言わなかったよ。とにかく早く切り上げて、この場所を出たかった。

葬儀の会場出たら、急に体がぶるぶる震え出して。比喩《ひゆ》とかじゃなく本当に気持ち悪くなってきたんだよ。これちゃんと帰れるかな、タクシーで帰った方がいいかなって思ったんだけど、何とか家まで辿《たど》り着いて。これも不思議なんだけど、着いたらすっと気持ち悪いのが治まったんだよな。

ありがとうねって、母さんはやけに気まずそうに言うんだけど――俺も詳しいことは訊かないようにしたよ。早く忘れようって思った。

あの家族とどういう関係なのかとか、

彼の死因は一体何なのかとか、

何で俺の着てた喪服を翌日にまとめて捨ててたのか、とかは。

嫌な話だよな。

幕間Ⅱ

か：とまあ、こんな感じで。リライトする過程で加筆修正された部分もありはするだろうけど、「第n回」で俺が——まあ俺が話した覚えはないんだけど、とにかく俺の声をした誰かが語ってる話には、どこかで確実に「知らないこと」が挟まってるわけ。「俺こんなこと言ったっけ？」みたいな情報が、さも元の話からあったみたいに話されてんの。

加：たしかにそんな感じはしますね。「[redacted]工業」なんかは特に。

か：ね。最後なんて、思いっきり「言っちゃってる」んだよ。その建物の名前。

加：ここは読んでて結構、ぎょっとしました。これが本当にその建物の名前なのかは分かりませんけど、それ以前に、先輩が明言するわけはないですもんね、本当の名前を知ってたとしても。もちろん過去配信でも言ってませんし。

か：そうそうそう。俺って基本的にほら、通常回でなんか喋《しゃべ》るときも、必要以上にぼかしたりするじゃん？　たまに「そんな慎重にやるんですか」とか言われるときもあんだけど、それはだってそうじゃん。こっちだって変に勘繰らせたくないし。まぁ意味のないイニシャルトークとか、そういう冗談はやるけど。

加：そうですね。まあもちろん、繰り返しにはなりますが、このリライトの「あの名前」が正解かどうかは分かりませんけど――

か：まあ分かんないけど、でも仮に俺がね？　リスナーさんから「それって○○って建物の話じゃないですか」ってＤＭを貰《もら》ったとしてさ、それを「だそうですよ」つって言うことはしないわけ。

加：まあそれは、でしょうね。

か：俺、気になってさ。「この梨さんのリライトの原稿は書籍化するとき、工場の名前を書いている状態でそのまま載せるんですか？」って担当編集の人に訊《き》いてみたの。そしたら「一旦《いったん》そのまま載せる方向で進めてます」って言うから、マジかって思った。「調べてみても同じ名前の建物は無いから風評被害とかはないと思います」って言うんだけど、そういう問題か？　ともなるじゃん。

加：あ、そうなんですね、載せるんだ。いいの？　勇気というか、蛮勇ごつ。

か：だからいっそのこと、この話の主人公と同じような、「本に載ったその文字の部分だけが何故かぼやけて見えないんですけど」みたいなクレームが殺到したら、寧《むし》ろそっちの方がいいんじゃないかとすら思ってて（笑）。そうなったらさ、あっち側が干渉してきてるわけじゃん。Ｙ霊さん、Ｏバケさん側の方が、こっちに。しかも見えない方がイイって話なんだから、あっち側に守られているとも言える。

加：読む側はたまったもんじゃないですけどね。あと無意味なイニシャルトークはやめなさいよ。……それにしても、この話をするために僕もさっき、元々の配信とネットに上がってるリライトを見返したんですけど、この二つは、どちらも人気ですね。公式タイトルとしては「■#山腴工業」と「長い。」ですが――いや、公式ってわけでもないのか。

か：ドントさんとか、リスナーさんが付けた名前を逆輸入してるから、まあ公式ってことになるかな。ドントさんのタイトル付けのセンスは、「禍話」の拡散に繋《つな》がってるし。

加：タイトルの妙みたいなのもありますからね。この「第ｎ回」のリライトにはないですけど「模型上の死」とか「首はないけど男の子」とか、あと「集合体マンション」も。題名だけで「何それ」って絶対なりますから。

か：俺もタイトル付きでリライトされて初めて「うわ、こんな怖かったんだ」ってなることがよくあるからね。さっきの「長い。」もそうだけど、**トリミングされて、切り取られて初めて怖くなる**って俺あると思うんだよ。

加：それはちょっとあるな。リライトや切り抜き動画で触れると違った怖さが……あ、ここでさっき言った、リライトや二次創作の件について、初見の方に説明しておくと、この「禍話」は権利をある程度フリーにした「青空怪談」としてやってまして。いわゆる二次創作の範囲であれば、テキストにしたり、切り抜き動画作ったり、基本何やってもいいよというスタンスで。それこそ「禍話リライト」で調べたらたくさん出てくると思います。今言ったタイトルの話も含めて。

か：今ちょっと見たら、二〇〇〇近くあんのね。「禍話」に関する文章。

加：え、そんなにあるんですか。それは先輩の手もとにあるのと、ネットに上がってるの、あわせてって感じですか？

か：「禍話」のリライトとして存在する文章もあるし、あとは、リライト以外。例えば、そのまま配信で採用されたＤＭとかね。そこで採用不採用とかも決めてるわけだから――ワンチャン、不採用だったやつとか、俺が「やっぱりこれは良くない」って、話すのをやめたやつを含めると、一万とか行くのかもね。マジで全部集めたら、今までのを。

加：その数、全然信憑性《しんぴょうせい》はありますよ。だって十年、ほぼ毎週やってんですもん。

か：ＤＭもあるし、「怪談手帖《てちょう》」みたいな、幾つかの文章がボンとメールで来るパターンもあるからね。ちょうどいいから、次はその話をしようか。「第ｎ回」では、過去の「怪談手帖」も話されてた、らしいんだけど――そもそも「怪談手帖」が何かを話す前に一旦、そのリライトを見てもらおうかな。

魔縁

例の流行り病が世間に蔓延《まんえん》するよりも前のことだ。

友人のS君が僕に、雑談の延長線上で、ふと聞かせて呉《く》れた話があった。

奇妙な夢の話だという。

大学で社会学の研究をしていたS君は、一時期精神を病んでおり、屡々《しばしば》強い向精神薬や睡眠薬を使用していた。そんな折にはよく変な夢を見たのだという。

夜だけでなく昼にまで、その調子は続いた。脚に力が入らず、しかし頭だけは冴《さ》え冴《ざ》えと明瞭《めいりょう》で、白昼夢のようにふわふわとした心地。今が夢なのか現実なのかがふと分からなくなるようなときが、彼にはたまにあった。

あの日もそんな感じだったんだ。

不定期に左の瞼《まぶた》を痙攣《けいれん》させながら、S君はそう言った。

その時期にS君が使用していた共用の研究室は、比較的緩い時代にあった大学の中でも一際緩く、歴代の学生たちの私物や図書が雑然と放り込まれていた。S君は教授や学生のいない時間帯にその研究室へ行っては、埃《ほこり》っぽい書物の山に囲まれながら、適当に取った本のページを捲《めく》っていたという。

そんな時に、彼は一冊の本を見つけた。

それは然程《さほど》厚くもない簡素な製本の書籍で、角の方は赤茶けてぼろぼろと剥《は》がれ落ちており、それなりに古いものであることが窺《うかが》えた。

「いわゆる学会誌、に見えた。一読した感じだと自然科学や医学系に近いものに思えた。だから教授の私物か、誰かが持ち込んでそのままにした雑誌か、或《あ》るいは」

夢の中で見た嘘の本に思えたのだよ。

Sくんは若干呂律《ろれつ》の回らない舌を無理矢理に動かしてそう言った。

彼が見たその本は、或《あ》る特定の事象についての報告論文だったという。

しかし、論文調の文体で書かれた「それ」の内容は、それこそ夢の中で見たのでなければおかしいくらいに——有り得ないものだったのである。

「変容の実例」

表紙にはそう書かれていた。恰《あたか》も、何かの症例や臨床事例を記載する医学雑誌のような表題である。果たして本文もそのような筆致で、或る病のような事象の「実例」を紹介していたのであるが。

「仏像。分かるだろう？　寺院にある、仏様の姿を象《かたど》った彫像。仏像の容《かたち》が崩れていく様を、その本はまるで人間の病気のように紹介しているんだよ」

或るページの片隅には幾つかの画像が挿入されており、その下部には「段階的な進行の様子」と書かれていた。並べられた白黒写真には恐らく同一の仏像が写っており、その仏像は先へ進むごとに、少しずつ崩壊が「進行」していた。

正常なもの。
螺髪《らほつ》のあたりにぽつりと疱瘡《かさ》ができているもの。
仏像の首から上半身に掛けて、袈裟懸《けさが》けに崩れているもの。
もはや原形も分からないくらい、ぐずぐずに崩れきったもの。

それぞれの画像の下にも小さく「図Ⅰ－出現前の段階」「図Ⅲ－○○期まで進行した例」といった注記があったという。あとは、どうやらそれらの仏像を収めていたらしい寺の写真などもあった。内容面の異常さを除けば、確かにそれは論文の形式で書かれているようだ。

そこまでしっかり覚えてるわけじゃないんだけど、と付け足して、S君は話を続ける。

「その症状を『天狗《てんぐ》』って表現してたんだ」

突然の突飛な語彙《ごい》に、僕は思わず彼の顔を見直して。

僕の当惑を見透かしたように、彼は片方の口角を上げて頷《うなず》いた。

「莫迦莫迦《ばかばか》しいだろう？　でもその本の中に、あの高い鼻に赤い皮膚の、山伏みたいな格好をしたあれの姿は無かった。要は、仏像に謎の発疹《ほっしん》や疱瘡ができ、取り返しのつかない変形や劣化が起こること――そのことを『天狗』として説明していたんだ」

「……その人、『変容の実例』の著者が、斯様《かよう》な症状に特別な名前を附《つ》けた、ということかい」

「否《いや》、違う。仮説とか個人の視点とかではなく、その症状は既知の『前提』として書かれていたんだ。癌や脳炎や麻疹《はしか》、それに類するありふれた疾患であるかのように」

なんだか、違う世界の書き物をうっかり覗《のぞ》いてしまったみたいで。
どうにも気持ち悪くてさ。

「だって、僕はそれまで、天狗や神社仏閣に興味もなければ、思い出やトラウマだってないんだ。そんなの、夢にしたって脈絡が無さすぎるだろう」

僕は当惑しつつも、どこかふわふわとした白昼夢のような心地で、彼が話す奇妙な道理を受け容《い》れていた。教授に訊《き》いてみたりはしたのかいと僕が尋ねると、彼は頷いた。訊いてみたが、誰も彼も知らないと言うばかりだったという。

「結局、いつの間にかその本を見かけることもなくなって——その後で精神的に少し安定して薬が減ったこともあって、自分でも変な夢だったんだなと思い直せるぐらいになっていたんだ。なのに」

S君は少しだけ沈黙した。

「ゼミで課された実地調査の一環で、或る地域の山を登ることになった。それは殆《ほとん》ど手付かずの山に入る類《たぐい》の調査で、深く分け入っているうちに、僕は他の人と逸《はぐ》れてしまったんだ。取り敢《あ》えず舗装された通りまで出ようと足を動かしていると、或る一角で強烈な既視感を覚えた」


しかし、S君はその場所へ行ったこともない。

ハイキングなどをする性格でないことは僕もよく知っていた。

何故だろうと、その場で暫《しばら》く考え込むうちに――

彼は気付いたそうだ。

それが、いつかの本に載っていた風景写真の景色であることに。

疑念や不安を抱くよりも先に。

何かに引き摺《ず》り込まれるように、ふらふらと歩いていた。

それは後から考えれば、嘗《かつ》て存在した何処かの寺の、奥の院だったのかもしれない。山中で修行をする山伏が一時的に滞在するための場所。しかしそれらしい標識や看板はなく、苔生《こけむ》した岩壁と木々があるだけだった。ただ雨風が凌《しの》げるだけの洞穴のような、簡素な岩の集合体。

冷たく湿った岩に、手を当てて。
彼はいつか夢で見た奥の院に足を踏み入れた。
そこに広がっていた景色を見て。

「ああ、やっぱりあった——って、誰にともなく呟《つぶや》いた。今思えば、その時点で感覚がおかしかったね、もう」

石造りの洞窟《どうくつ》のようなその場所では。
頭上にぽっかりと開いた小さな穴から、細い光が差し込んでいる。
その薄く細い光の下に、大小様々の仏像がずらりと並んでいた。
疵《きず》ひとつない、厳かな出《い》で立ちの仏像を見て、
やっぱりあった、と彼が呟いたその瞬間。

すべての仏像が一斉に腐り落ちた。

ビデオの早回しのような速さで、黒ずんで萎《しぼ》んで潰《つぶ》れて崩れていく。

轢《ひ》き潰された虫の群れみたいに、仏像は岩壁にそって黒く沈んだ。

あっという間に仏像は崩れ、崩れ、崩れ切って。

ぐずぐずに腐ったペースト状の何かだけが残った。

「ああ、これだ、って思ったんだ」

焦点の合っていない目でS君は言った。

「なんていうか——たぶん、目撃とか偶然とか、そういうのじゃなくて。ああこれ、確認作業だったんだな、って」

何かを決定的に諦《あきら》めたような、淡々とした口調で。

「そこでさ、更に気付いたんだ。自分は今、崩れた仏像の群れを、そういうひとつの塊として——何かの稜線《りようせん》か輪郭線のようなものとして見てるって。何の理窟にもなってないけど、きっと今見てるそれが『天狗』なんだって、思った」

S君はそこで、何も道理の通っていないその理窟を、なぜかしみじみと悟ってしまったのだという。

「怖いとかではなく——諦めに近かった、と思う。諦念《ていねん》というか、もう受け容れるしかないって気持ちになって、僕はその場所を後にした」

S君は、自分でも驚くほどしっかりした足取りで、元来た道を戻った。奥の院のような洞穴に行く道はもう自分でも分からなくなっていて、再びそこへ行くことは叶《かな》わなかったそうだ。

彼の話がひと段落したことを確認して、僕は言った。

「——それは、天狗ではなく、いわゆる天狗道の話ではないかな」

その話を聞いている最中《さなか》、ずっと思っていたことを。

仏像。山伏。そして天狗。

彼の話に出てきた言葉を思い出しながら、少しずつ言葉を出していく。

「仏道を修めんとする山伏のうち、傲慢《ごうまん》と悪業にとらわれた者のことを、嘗ての日本人は中国の魔物に擬《なぞら》えて天狗と云った。山の妖怪《ようかい》である天狗を指すようになるのはその後だ」

其ノ形類ハ狗、身ハ人ニテ、左右ノ手ニ羽生タリ。
前後百才ノ事ヲ悟通力アリ。虚空ヲ飛事、隼ノゴトシ。
仏法者ナルガ故ニ地獄ニハヲチズ。
無道心ナルガ故ニ往生ヲモセズ。
憍慢ト申ハ、人ニマサラバヤト思フ心也。
無道心ト申ハ、愚癡ノ闇ニ迷タル者ニ、
智恵ノ燈ヲサヅケバヤトモ思ワズ、
アマ（ツ）サヘ念仏申者ヲ妨ゲテ、嘲リナムドスル者、
必ズ死レバ天狗道ニ堕ト云ヘリ。

（『天狗物語』より引用）

「なまじ仏門に入っているから地獄には行けず、その悪行故に往生もできない。そんな彼らは六道からも外れた魔界にある、天狗道に堕《お》ちてしまうそうだ。彼らは魔縁、或いは単に天狗と呼ばれ、魔物に等しい存在として懼《おそ》れられた。これは想像でしかないが、君が見

たものは、もしかしたら――」

　分からないよ、と彼は僕の話を遮った。

「今となっては、あれが何だったのかを知る術《すべ》はない。仮に君の言が本当だったとしても、腑《ふ》に落ちないことはまだ幾つもあるしね。ただ確かなのは、あのときに天狗を見た自分の、しみじみとした諦めの実感だけだ」

　そこで彼は、懐から一枚の写真を取り出した。

　そこには恐らく昔に撮られたのだろう、笑みを浮かべるS君自身の姿が写っていた。写真に写っている男性の顔は、確かに目の前の人間と同じもののはずなのだが。

　僕は、強い違和感を覚えた。

　上手く言えないが、その写真とは何かが決定的に変わっているような違和感を。

　僕は思わず彼の顔を見直して。

　僕の当惑を見透かしたように、彼は片方の口角を上げて頷いた。

「もうずっと、まともに笑えていないんだ」

図1 天狗の組織片が採取された病院

たこ

すごいいやなものを、みたことがあります。

ぼくは[redacted]のとこにすんでて、
だからとなりまでいくと[redacted]まちがあります。

おかあさんとかいものにいくときとか、
そういうときによくとおってるとこでした。
そのさきにおっきなこうえんがあるから、よくとおったってだけで、
[redacted]まちであそんだことはそんなになかったです。

そんな[redacted]まちで、いやなことがおこりました。
ぼくはそのひ、こうえんにあそびにいってて、
ばいばいってしたのがちょっとおそかったから、
（おこられちゃうから、はやくかえらないとなあ）って、おもってました。

だから、さんりんしゃをいつもより、ぐるぐるこいでて、
まわりはもう、いっぱいおれんじくなってました。

それで、とおりにでて、おそらをみあげると、
あかくなったおそらに、たこがあがってるのをみました。
おしょうがつにあげたことのある、たこあげみたいなたこです。
それはしかくくて、とてもおおきかったのをおぼえてます。
くれよんでぬったみたいな、まっかなおそらに、
くろいしかくみたいな、たこがあがってました。

でも、それはぼくがおしょうがつにあげたみたいな、
かっこいいどらごんのえが、かかれてあるやつではなかったです。

それはたぶん、かぞくのしゃしんでした。
あるばむにはっておくような、かぞくのしゃしんが、
たこになって、おそらにあがってました。

みたことのない、どっかのおうちに、みたことのないひとたちがたってます。
ぼくとおなじくらいのおとこのこがいて、

そのうしろにおとうさんとおかあさんがたっていて、
おかあさんのほうは、あかちゃんをだいていました。

たぶん、しゃしんの「いろ」はついていたとおもうけど、
ゆうやけでたこがくろくなってて、しろとくろだけ、みたいにみえました。

ぼくはそれをみて、とてもこわいかんじがしました。
ほんとうにこわかったです。
それで、なんでかわからないけど、はやくかえらないとだめなきがしました。
だから、うしろをみておそらをみあげるのをやめて、
すぐにちからいっぱい、さんりんしゃをこぎなおしました。

あしがいたくなって、むねがぎゅーってなるぐらい、
いっぱいいっぱいはしりました。
いつもだったら、「すぴーどだしすぎないように、しなさい」って、
おかあさんにおこられるんだけど、
そのときのぼくはひとりだったので、

ひとりだったのがすごくこわかったので、
きにしないではしりました。
ぼくがさんりんしゃをこいでるとき、ほかのおとはしませんでした。

たくさんはしって、さっきたこをみたとおりから、
いっぱいはなれたところまできました。
ぼくはとてもつかれていたのと、それとものすごくいやなきもちがしたので、
がまんできなくて、うしろをみました。

おそらはさっきよりあかくなってて、
たこはさっきよりおおきくなってました。
しゃしんはずっとちかくにあって、
おとこのこのわらってるかおとか、おとうさんのきてるふくのいろまで、
くっきりとわかるぐらいになってました。

なんでかわからないけど、ぼくはすごくあせったきもちになりました。
（いやだ）と、おもいました。

（はやく、いえにかえらないと）とおもって、
もうぜったいにみないように、はしりました。

はしってるとき、せなかのすぐうしろで、ばたばたとおとがしていて、
それはたこあげのときにきこえたおととおんなじで、
あのたこがぴったりおいかけてきてるんだとわかりました。

いつもだったらすぐにはしれるとこなのに、
さんりんしゃでこいでるみちが、すごくながくかんじました。

いきがいっぱいくるしくなって、あせがべたべたふくについたとき、
やっとみちのおわりのとこがみえてきました。
あそこまでいけば、いえはすぐそこです。
だから、（もうだいじょうぶだ）って、あんしんしてて、
そしたらきゅうにうしろから、ものすごいこえがきこえてきました。

いろんなひとがさけんでるこえが、ぐちゃぐちゃにまぜくったみたいな、

きいてるだけでいきがとまるぐらいのこえでした。

ぼくがさんりんしゃをとめて、うしろをふりかえったら、
あかいおそらにのびた、ながいながいえんとつのすぐちかくで、
たこのいとがぷっつりきれたみたいに、
あのかぞくのしゃしんがおちていくところでした。

さかさまになったかぞくのみんなと、めがあったきがしました。

たこはそのまま、えんとつのかげのほうにおちていって、
すぐにみえなくなりました。

ぼくはまっかなおそらにぽつんとのこされて、
しばらくぼうっとしていました。

でも、いそいでかえらないといけないことをおもいだしたので、
すぐにまたさんりんしゃをこぎだしました。

うしろはみませんでした。
もう、なんのおともしなかったからです。

そのあと、なんにちかたったときのことです。
ぼくはおとうさんとおかあさんと、よるごはんをたべながら、てれびをみていて、
「あっ」とこえをだしました。

おかあさんは、「なに、へんなこえだしてるの。しずかに、たべなさい」と
いっていましたが、ぼくはおかあさんにいいました。

「あのひとたち、まえにあったことあるよ」
てれびには、あのときみたかぞくとおんなじひとたちがうつってて、
ぼくがなんべんいってもおかあさんは、「そんなわけないでしょう、
ようちえんも、こうくも、ちがうんだし」って、しんじてくれませんでした。

おとうさんとおかあさんは、
いっか、さつじん？　がこわいねえ、みたいなことをいってました。

そのてれびやおかあさんたちが、なにをいってたのかわからないけど、
ぼくがそのひとたちにあうことは、もうないんだろうなって、
なんとなくおもいました。

あのまっかなおそらと、ぐちゃぐちゃのこえは、
いまでもたまにおもいだして、すこしこわくなります。

幕間 Ⅲ

加：……「第n回」の話をする前に、「怪談手帖」の説明を入れておきましょう。「怪談手帖」というのは——「禍話」の中でも比較的珍しい、朗読形式の怪談コーナーです。余寒《よさむ》さん、という先輩のお知り合いの方が蒐集《しゅうしゅう》して、文章化したものを、その場で読んでいると。定期的に新作が出てきてはリスナーが恐怖する、一種の人気コーナーですけども。

か：朗読じゃない場合もあるけどね、特に初期は。でもまあ元々ある話をそのまま読む、みたいなのはたまーにやってんだよね。「怪談手帖」もそうだし、昔の「忌魅恐《いみこわ》」も。

加：ああ、そうですね。「忌魅恐」は、ええっと——失踪《しっそう》した文芸サークルが遺《のこ》した冊子、そこに書かれていた話を一部抜粋してお届けする、というところから始まった企画でして。これもワンコーナーでしたね。

か：ちょっと今、いろんな事情で出来なくなってんだけど。まあそういう色んなものの傍流っていうか、そういうあれだわ。

加：でも、この「たこ」の話なんかがいい例ですけど、朗読する「もの」が明らかに違ってますよね。多分この話の元は「S町の凧《たこ》」なんでしょうけど、あれは大人になった男性に取材して蒐集したという話だったじゃないですか。こんな、子供の日記帳？　みたいな文体ではなかったですよね、確実に。しかも、これ……先輩は、子供役というか、子供になりきって話してたってことになるのかな？　あと「魔縁」――「変容の実例」も、その論文の画像例なんて元の話には無かったじゃないですか。

か：「魔縁」で「天狗《てんぐ》」が強調されてたり、子供の書き文字で「凧」が「たこ」になってたりするからなのか分かんないけど、なんかあれだよな。軟体動物、それこそ蛸《たこ》とか蛞蝓《なめくじ》とか、ああいう系の、気持ち悪いやつ。そういう感じがある。

加：はい？

か：いや、「第n回」についてさ、俺の中の感覚の話をまとめようと思って。今ので掴《つか》めそうだったんだけど、上手く言えないんだけど――

加：蛸とか蛞蝓とかみたいに、ヌルッと手から落ちちゃう。それくらい言葉にするのが難しい的な話ですか？　その先輩が、今、持ってる感覚が。もしくは、単純に生理的に気持ち悪いみたいな？

か：いやそうじゃなくて、もっとこう……「そういうことなのかな？」っていうかさ。まあいいか、「怪談手帖」の事例としては、一旦《いったん》こういう感じで。

加：はい。つーか、先輩、ひょっとして、調子悪い感じっすか？　先輩、普段は言語化の能力は高いっていうか、たとえ話とかも上手じゃないですか。けど今日は、なんか、ぼんやりしてますよ。「第n回」っていう、よく分かんないことがテーマなせいかもですが。

か：まだ「コーナー」はあるわけだよ、「禍話」には色々。で、「第n回」では、別のコーナーの話も引用されていた。

加：こっちの心配は無視ですか。じゃあ普通に話を進めますけど……これ、自分も原稿の一覧を見て驚きました。「猟奇人」ですよね。次の二話は。

祖父の隠しごと

今年で四十歳になる、山本《やまもと》さんという男性がいます。

とある企業で事務系の仕事をしてて、最近お子さんが小学校を卒業したそうで。彼は自他ともに認める子煩悩で、今でも恥ずかしがる思春期のお子さんを毎日車で送り迎えするほどです。出世には興味がなくて、それより出来るだけ子供のそばにいたいって、職場の方々にも明言してるらしく。

まあ至って普通の、いいお父さんなんですが——彼曰《いわ》く、そういう性格になったのには、あるひとつの明確なきっかけがあるそうなんです。

それも、非常に厭《いや》なきっかけが。

＊＊＊＊

山本さんは小学生のころ、自然あふれる田舎で暮らしていたそうです。

夏になると緑濃い森に入って虫を採り、きらきらと水面《みなも》のゆれる川に飛び込み、空のずっと高いところから覆うように響く蝉時雨《せみしぐれ》の中を駆け回る。彼にとって夏の景色とは草深い郷里と日焼子《ひやけご》の姿であり、それは今でも懐かしく思い出される大切な記憶です。

中でもAくんという男の子とはとりわけ仲が良く、今思い返せば親友と形容してもいい間柄だったそうです。山本さんもAくんも一人っ子で——なぜかお互いそうだって知らなくても、一人っ子どうしって仲良くなるんですよね、不思議と。

父方か母方かは忘れましたが、Aくんはおじいちゃんと住んでいて、その家にもよく遊びに行っていました。大きくて部屋もたくさんある家だから、家の中でかくれんぼをして遊んでいて――だからそれくらい広い家だったってことですよね。

「子供は元気なのが一番だ」っておじいちゃんはいつも笑ってて。家の中で遊び回る山本さんや他の友達に、かき氷やスイカをよく出してくれてたそうです。

ただ――やっぱり子供だから、余計なことに興味を持ってしまうんですかね。

「その日」も、友達みんなでかくれんぼをしようとしてて。家の色んなとこに散らばって、隠れ場所を探していたときに――


「みんな、こっち」


友達の肩を叩《たた》きまわって、誰かがそう言ったんです。そのときおじいちゃんは留守だったんですが、まるで無意識におじいちゃんに気付かれまいとしているかのように、声を落として。

山本さんも誘われるがまま、促された方に行くと。

友達のひとりが、一本のビデオテープを持っていました。
曰く、それはおじいちゃんの部屋のクローゼットの奥深くに仕舞われていたそうで、タイトルのところには手書きで「いいとこどり」と書かれていました。

そのテープを持った友達が、興奮気味に話し出しました。要は、これはきっといかがわしいアダルトビデオの類《たぐい》に違いないと。山本さんもAくんもそういうものに興味を惹《ひ》かれる年頃だったから、突発的に始まったかくれんぼは、誰が音頭を取るでもなく、ビデオの鑑賞会に切り替わりました。勿論《もちろん》不安はありましたが、誰もやめとこうと言い出しはしませんでした。そんなことしたら、男の子どうしの友人間で臆病《おくびょう》者の誹《そし》りを受けるのは確実ですからね。

今の人は分かるのかな——テレビデオっていう、ビデオテープの挿入口がついたテレビがAくんの家にはあって。みんなでその前に座って、緊張の面持ちでテープを入れました。

最初は、ずっとノイズが続いていたそうです。
巻き戻すのを忘れたのかと思って確認しましたが、ちゃんと初めから再生できている。でも、退屈な砂嵐のような映像が数十秒ほど流れ続けていて。
おいなんだよ、これ違うんじゃねえの、と誰かが言ったころに、

「[redacted]さんが、十四歳のときでした」

映像はいきなり始まりました。

厳粛な弁士を思わせるナレーターの声とともに現れたのは、がりがりに痩《や》せ細った男の子の白黒写真でした。

なにこれ。

呆《ほう》けたように映像を観続けていた彼らは、少しして気付きました。それ、戦争のドキュメンタリーだったんです。確か沖縄の戦争体験記だったかな。無辜《むこ》の少年たちが兵力として無理矢理に駆り出され、訳も分からぬまま無残に使い潰《つぶ》されていきました、みたいな内容を、インタビューや資料写真を織り交ぜながら伝えていくノンフィクションものです。

今も戦争を題材にしているなら割とそうかもしれませんが、当時テレビ放送されたドキュメンタリー番組って、かなり惨《むご》たらしいものでもそのまま流していたじゃないですか。その番組でも、そういう画像や動画が次々と流れ続けて。

脚を轢《ひ》き潰され、苦悶《くもん》の表情を浮かべた少年。

糜爛《びらん》した皮膚がべろりと垂れ下がった少女の背中。

白い胡麻《ごま》のような何かにびっしりと覆われた、性別不詳の肉塊。

想定とはほぼ真逆の映像が流れだしたことへの驚きもあったんでしょうかね——テレビを囲んでいた彼らは、映像を止めることもできず、口々に言葉を交わしました。


「戦争番組？　録画してたのか」

「真面目なおじいちゃんだし、そういう世代だからな」

「なんだ、全然思ってたのと違うじゃ——」


しかし、事態は思わぬ方向に進みました。

「この収容所の第十ブロックでは」

突然映像が切り替わり、同じく重々しいナレーターの声が、「収容所」の悲惨な実態と、そこで死んでいった多くの少年少女に関する話を始めました。画面上では、やはりたくさんの痩せこけた子供たちの姿が——生死問わず、代わる代わる映し出されています。

「これって——」

「何だっけ、前に社会の調べ学習でやったやつ。あの——あ、あう、」

「……アウシュビッツ、だったっけ」

さらに、映像が切り替わる。


「若き兵士たちは、今も前線へ向かいます」


さっきまで白黒だった写真や映像が、そのときはフルカラーに変わっていました。恐らくそれは比較的近年の、いわば現代戦の前線の様子を記録しているのでしょう。画面の中では、迷彩服に身を包んだ少年兵が銃を構え、地雷で吹き飛ばされ、乾いた戦地に血を流していました。

気になったのは、それらの惨たらしい映像が、明らかに意図的に切り抜かれていたということです。恐らくそれは、近現代の戦争を時系列で特集したドキュメンタリーをぶつ切りに抜き出したもので、現代に差し掛かったその辺りでは、画面の下半分に番組のクレジットが流れていました。

まるでその番組の中の、残酷なシーンだけを切り抜いているみたいに。

「…………」

「…………なあ、これって」

「警察は[redacted]ちゃんの映像を公開しました」

また映像が切り替わりました。

それはドキュメンタリーではなくニュース番組で、画面には元気に運動場を走り回るちいさな女の子の映像が映し出されました。映像は恐らく携帯で撮った縦長のもので、そのためにテレビ画面の両端には黒い帯が入っています。

再びぶつりと切り替わる。

「生前の[redacted]くんの様子です。[redacted]くんは八日未明――」

「彼はついに、誰からも忘れ去られてしまいました――」

「――して、今もなお死者数は増え続けており」

ピースサインとともに笑みを浮かべる男児。

浴槽に座る、細くて真っ白い人のような何か。

どこかの国の路上に敷かれた、大量のブルーシート。

もはや全員が無言で、テレビ画面を見ていました。

「いいとこどり」と題され、おじいちゃんのクローゼットに仕舞われていたそのビデオテープが何を意味しているのか——みんな、何となく分かっていたと思います。でも、誰も言い出しませんでした。だって、言えませんよね、そんなこと。

暫《しば》くすると映像は再び砂嵐に戻って。

そこでみんながどっと溜息《ためいき》をつきました。


「…………なあ、戻そうぜ」


そう言ったのはAくんで、山本さんも含めたみんながそれに賛同しました。そうだな、元あったとこに戻そうと、言葉少なに応じます。これが何なのかを詳しく話したところで、良いことは何もないと思ったんでしょう。

Aくんがテレビに手を伸ばし、「取出」のボタンを押そうとしたところで、

「こっちこっちー」


突然テレビのスピーカーから声がしました。

画面に映し出されたのは、夕方の公園でした。

ひとけのない公園をハンディカメラで撮影しているホームビデオです。

先ほどの声は恐らくそれを撮影していると思《おぼ》しき大人のもので、撮影者の方に向かって小学生くらいの女の子が走ってきています。もう陽はかなり落ちているらしく、カメラを持った大人の影が、少女の側に長く伸びていました。


でも。

そこで全員が気付きました。

影が「幾つもある」んです。

カメラの後ろには何人もの、いや十数人もの大人が立っている。

撮影者の方に走ってくる少女の足が、
長く伸びた大人たちの影を踏んだあたりで、

友達の誰かが叫びました。

「消せ、はやく」

山本さんは弾《はじ》かれたように手を伸ばし、テレビのコンセントを無理矢理に引っこ抜きました。すぐにテレビは真っ暗になり、ややあってAくんが「取出」のボタンを押しました。彼はビデオテープを取り出し、触るのも嫌だというように抓《つま》み、クローゼットに押し込みました。

その日から、Aくんの家で遊ぶことはなくなったそうです。

Aくんも何というか、自分から距離を置くようになってしまって。

勿論山本さんたちも話しかけたり、公園へ遊びに誘うためにAくんの家の前に来たりはするんですけど——お互い、どこかよそよそしくなって。微《かす》かに、でも明らかに、関係性は変わってしまったそうです。

変わらなかったのは、Aくんのおじいちゃんだけでした。

山本さんたちがAくんの家まで行くと、たまにおじいちゃんが玄関先で出迎えてくれて。

どこかびくつきながら応対する彼らに対して、今までと全く変わらない笑顔で、今までと全く変わらない言葉をかけたそうです。

子供は元気なのが一番だ、って。


山本さんは、それが恐ろしくて恐ろしくて仕方なかったんです。

だって、そうですよね。この体験談には、違和感がいくつもあります。

例えば、どんな意図でこのテープに「いいとこどり」と書いたのか、とか。もしあの映像たちが「そういうこと」だったとして、あの映像に一瞬だけ映った浴槽の中の——白くてつるんとした、まず間違いなく人ではないアレは一体何で、誰が何のために撮影したのか、とか。

それに——覚えてますか。彼らがそのビデオを見るのをやめて、クローゼットへ押し込んだとき——まずコンセントを無理矢理引き抜いて、そのままテレビデオから取り出し、元あった場所に戻したんです。

そして、そのビデオを見始めたとき、中々始まらない映像にやきもきした彼らは、巻き戻すのを忘れているわけではないことをいちど確認しました。つまり、ビデオテープはその時点では、一番初めのシーンまで巻き戻された状態だったんです。

分かりますか？

彼らは、テープを最初まで巻き戻すことを忘れていた。誰かが途中で見るのをやめたと明らかに分かる状態で、Ａくんはビデオテープをクローゼットに戻してしまった。つまり。

おじいちゃんは気付いていたかもしれないんです。

彼らがそのビデオテープを見たことに。

＊＊＊＊＊

山本さんは、周りの目を気にして恥ずかしがるお子さんを、今も車で送り迎えしているそうです。

仏竺へ

「忘るんもんね。彼《あい》だきゃあもう、死んまで忘れきらん」

今年で九十三歳になるCさんは、未《いま》だに矍鑠《かくしやく》としていたが、それでも少しずつ過去の記憶は曖昧《あいまい》になっていた。繰り返し話される昔の思い出の内容が、話すたびに変わっていくことも屡々《しばしば》だったという。

しかし、そんなCさんにはひとつだけ、少年時代のはっきりとした記憶があり——その話をするときだけは、話の内容が変化することはなかった。それだけ強く焼き付いた記憶なのだろうと思う。

それは、名前も知らないにんげんに関する記憶だった。

Cさんの少年時代には戦争があり、敢《あ》えて彼の表現をそのまま使うならば「変な」人なども、Cさんはそれまでにたくさん見ていた。しかし、そんな経験をすべてひっくるめても一番に異様だったのが、その人だったそうだ。

北部九州と本州、福岡県と山口県を隔てる、関門《かんもん》海峡という場所がある。この場所は、地元の人以外が海峡と聞いて想像するものと比べて段違いに狭く細い。岸のあたりに立てば、向こうの本州もしくは九州が天候に関係なく見られるし、頑張れば泳いで渡れるのではないかと、子供の頃は誰しもが思う。

しかし当然ながら、周防灘《すおうなだ》と響灘《ひびき》に挟まれたその場所は、それなりに流れが速い。周囲の地形が複雑なので離岸流も頻繁に起こる。海運の要所としても有名な場所であるから「泳ぎ切った」という武勇伝を吹聴する人は多いが、基本的には軽い海水浴に行くことも止められるような場所である。

しかし、遊びたい盛りの子供にとっては、そんなことは些末《さまつ》な問題であった。先述の通り海運の要所であるため、本当に危ない事態になったとしても大人は近くにいた。それに、危ないから入るなと大人たちに戒められる場所というのは、得てして子供たちにとっては魅力的な場所である。

そして。

この話の舞台は、そのような場所の中でも、特に危険な岩場であった。今は完全に立ち入り禁止となっているその場所では、当時から事件事故が後を絶たなかったという。それは単に、土砂崩れや怪我といった事象もだが——

「仏さんの、能《よ》うと揚がってきたとさ」

周囲の海流が影響しているのか、その岩場には頻繁に水死体が流れ着いたのだという。そもそもそこら一帯が危険な海峡であり、更に自然災害も多い土地柄だったため、当時は少なくとも三か月に一回は死体が揚がっていたと、Cさんは話した。

水死体が流れ着く岩場。

そこは当然ながら地元民の多くから忌避される場所であり、そして一部の悪童にとっては格好の度胸試しの場所であった。

「怖かさ、最初ん頃は。でも怖がっとったら今度は、悪僧《わるつそ》の揶揄《ちょく》らかして来っけんで。怖か、気色《え》悪《ず》かって思うても、言ったらいけん」

そこが度胸試しの場である以上、流れ着いた死体を見ても怖がってはいけない。泣き虫、臆病《おくびょう》者、との誹《そし》りは免れ得ないからだ。だからCさんも、慣れるしかなかった。

慣れたふりをして死体を注視していると、やがて本当に慣れてくる。慣れてくると、今度は本来の怖いもの見たさでその場所を訪れるようになる。最初は正視することもままならなかった死体も、やがてCさんはまじまじと直視できるようになった。

「大概の仏さんは何処《どっ》か、身体の欠けとった。腕やら脚やらの無《の》うなって、水ば吸って膨らんだり、腐《ねま》ったり。可笑しか顔しとるなって、其《そい》ば哂《わら》う奴も居った」

そして、水死体が揚がったと聞くと、Cさんを含む友人たちはすぐさま岸へ見物に向かうようになった。今よりも様々なものが杜撰《ずさん》な時代のことである。警察が死体の回収に到着するまでの間、彼らを含む見物人が遠巻きにそれを見る程度のことは、それほど難しいことではなかったのである。

溜息《ためいき》交じりに見分に来る巡査をはじめとする周りの大人たちは、その水死体のことを屡々「鬼」と云った。腹のあたりが痣《あざ》のように青黒くなっているものは青鬼。なぜか胴のあたりが倍ほどに赤く膨れ上がり、衣服がはち切れんばかりに張っているものは赤鬼。岸辺の土に打ちあがり、ぶよぶよとした黒い塊に変貌《へんぼう》したものは黒鬼。いずれの場合でも、身体が腐敗し欠損したそれらの「仏」のことを「鬼」と、人ならざるものの名前で呼んでいたのである。

後になって確認すると、死体——とくに水死体を鬼と形容する文化は全国的に存在するらしい。しかし、その言葉を聞いたときに何となく感じていた違和感は、あの日に強く決定づけられることとなった。

その日、Cさんたちはまたいつもの場所で、水死体を発見した。
しかし、この日は珍しく周りに大人がいなかった。
彼らが第一発見者だったのである。

最初は、人が倒れている、と思ったそうだ。岸辺でうつ伏せに倒れているそれは、まだ腐敗も然程《さほど》進行していなかったから。「おい、おい」と呼びかけ、恐らくは同年代であろうその男の子を、仰向《あおむ》けに引っ繰り返す。

男の子の顔は真っ白で、眠るように目と口を閉じていた。
衣服越しに触った肌はとても硬く、そして冷たかった。

綺麗《きれい》だ、と思うと同時に。
Cさんは初めて、自分たちの行いにちゃんと疑問を抱いた。
ああ、自分たちは今、とても悪いことをしている。そう思ったそうだ。

それまでに見てきた死体は全部ぼろぼろで、ぶよぶよで、人の貌《かたち》をしていなかった。自分たちと同じものではない、玩具《おもちゃ》や人形のような感覚だった。しかし、自分と同じような年齢で、かつ傷のひとつもない真白の体肢を見た途端に——いわば初めて、それが「人」であることを認識したのである。

恐らく、Cさん以外の友人も、何か思うところがあったのだろう。
その綺麗な死体を囲み、全員が無言で見下ろしていた、そのとき。

「ああ、もう仏様の揚がったんか」

すぐ近くで大人の声がして。
ぱっ、と振り返ると、そこには大柄の見知らぬ中年男性がいた。
よかった、大人が来た、と一瞬思って、すぐに違和感を覚えた。
その男は、右手に大きな木槌《きづち》を持っていた。
ちっと退《ど》いてんない。彼はそう言うと、木槌を振り上げて。

「此《こい》は、ちゃんと斉《ととの》えんといけん」

死体の顔に思い切り振り下ろした。
弾力の無くなった少年の肌が、鈍い音を立てる。
何度も何度も何度も槌を振り下ろすにつれ、綺麗だった顔はみるみるうちに、ぐちゃぐちゃに損壊されていった。歯が砕け、右の瞼《まぶた》が切れて眼球が露出したがそれもすぐに潰《つぶ》れ、額が大きく陥没し、それでも男性は損壊を止めなかった。

あまりのことに、暫《しば》くは何もできずに固まっていた彼らだったが、どんどん原形を無くしていく少年の死体を見て、ふと我に返った。

「何《なん》ばしよっとか、そがん事して、お前、罰当たるぞ」

たまらずにCさんがそう言うと。
男性はぴたりと手を止め、ぐるりとこちらを向いた。
びくっと固まった彼らを睥睨《へいげい》して、男性は「良《え》えか」と口を開いた。

「仏様にはな、仏様の姿の有《あ》っとぞ。こん子だけ綺麗《きれ》かったら、こん子だけ斉いきらんかったら、極楽行ったときに仲間外れになるやろうが。お前らも嫌やろ、自分だけ除《の》け者にされたら」


一息に叫ぶように、男性はそう言って。

再び少年の死体に向き直り、べちゃべちゃと肉を壊し始めた。

最初は突っ張った皮膚と肉を叩《たた》いているような音だったものが、段々と水分を含んだ粘着質な音に変わっている。人の貌を保っていた顔が崩れていくのが、音だけでも分かったという。


会話すら成り立たない、大きな鈍器を持った大人に、Cさんたちはもはや話しかけることもできなかった。逃げることもままならず、ただ立ち竦《すく》んで、それを見ているしかない時間が暫く続いていた。


のだが。

突然に。

ぐずぐずに崩れた少年の顔の、

まだある方の目がぱっと開いた。
眠るように閉じていたその瞼が開くのと同時に、
砕けた不揃いの歯が並ぶ紫色の口が大きく大きく開き、

「あ」

少年の死体だったものは、確かに声を上げてそう言った。
次の瞬間には口のあたりに一際強く木槌が振り下ろされ、
再びその声を聞くことはなかったのだが。

その瞬間、少年は「人」ではなくなったのだと、Cさんは直感した。

彼らはそこで、一目散に逃げた。
以来、岩場に打ちあがった「鬼」を見に行くこともなくなったという。
「彼《あい》だきゃあ、忘れきらん」

齢《よわい》九十を超える老人となったCさんは、
皺々《しわしわ》の顔を重々しく伏せて、もう一度そう言った。
あれだけ異様な人間には会ったことがないし、二度と会いたくもないと。

それに——あれから何度も何度も、考えてしまうのだという。

自分たちが今まで気持ち悪がった死体、必ずどこかが欠損し損壊していたあれらも——

実はみんな、あいつが「斉えた」後の姿だったのではないか。

そして、あの男性が「極楽」と形容していたその場所。

あんな姿の「仏様」が、その姿のままでずっといるような場所が、本当に極楽といえるのだろうか。

死体たちは——あの少年は、
一体何処に行って、何になってしまったのだろうか。

数十年もの時が経った今でも、
Cさんは幾度となく、そのことを考えてしまうのだという。

幕間Ⅳ

加：こっちは僕の方から説明しますか。遂に当事者になったというか、僕の担当なので。

か：頼むわ。本人しか分かんないことってあるから。

加：「猟奇人」というのは、わたくし加藤よしきが色々と書き綴《つづ》った、「猟奇的な人」、まあいわゆる「ヒトコワ」系の話を、先輩に朗読していただくというコーナーですね。

か：「怪談手帖」、「忌魅恐」と比べるとちょい遅いのかな。遅いっていうか新しいのか、企画としては。

加：そうですね。割と後発にはなると思います。で、後発になったのには、ちゃんと理由があって。僕は結構ヒトコワが好きなんですよ。ただ、「僕は」って言ってることからも分かる通り、そこにちょっと、先輩と価値観の相違がありまして。

か：いや俺も、ヒトコワが嫌いって言ってんじゃないのよ？　ただどうしても上限があるというか、結局人のやることって限られてくるから、じゃあ新しい恐怖って生まれづらいよねっていうだけの話で。新しい恐怖というか、読み味があればそれは読むよ。「禍話」

ってさ、究極、究極はね、俺が怖いと思うかどうかだから。

加：なので、じゃあ好きな側の僕がどうにか、色んなヒトコワを提供してみようってことで始めたのが「猟奇人」だったんですよね。そういう経緯《いきさつ》があるから「猟奇人」の開始は、つまりヒトコワに焦点を当て始めるタイミングは、他のものより後になったんです。

か：でもさ、元になったキミの話はともかくとして、この「第n回」で語られてる分に関しては、人の怖い話かどうかも怪しいけどね。当事者として、どう思う？

加：それは僕も思いました。人由来だけじゃないというか、別の文脈が生えてきてる感じがあって。自分の話がいじられるの、たしかに変な感じですね。

か：あ、そうそう、良《い》いこと言ったな。なんか別のもんが生えてんだよ、この「第n回」で語られた話って全部。さっき言いかけたんだけど、生き物の感じっていうか。

加：ああ、さっき「そういうことなのかな」って言ってたやつですか。でも、「そういうこと」と、「生き物」って何ですか？　どういう意味です？

か：何というか——虫に近いんだよな。話自体が。虫っつーか、軟体動物？　さっき言った蛸とか蛞蝓、いや、もっと単純な生物かもしれない。

加：は、はぁ……？　確かにそういう感じはありましたけど。今読んだ「仏𨫤へ《ほとけととの》」の、死体の湿った感じとか。

か：うーん、それともちょっと違うんだけど、まあいいか。

加：えっと……じゃあ一旦《いったん》、このまま最後まで見ていきましょうか。次の二話で、今回、梨さんが蒐集《しゅうしゅう》できた「第n回」の「禍話」は一応全部になるみたいなので。

jintaimokei.avi

jintaimokei.avi のプロパティ

ファイルの種類　動画（Audio Video Interleave）
作成者　sakai
作成日時　19[redacted]/[redacted]/[redacted]
前回保存者　［データ破損］
前回保存日時　2023/10/10
サイズ　[redacted]MB

［動画開始］

00:04

幾つかのノイズとともに、暗転していた映像が切り替わる。
恐らく、元々はカメラで長回しされていた動画が後から編集されたためだと思われる。

00:11

数名の男女による、やや狭い空間（エンジンを切った車内？）での会話。
恐らくは「隠し撮り」を企図したものなのだが、
撮影機材のレンズが鞄《かばん》に隠れてしまっているために、
ほぼ何も見えない状態で声のみが聞こえている。
便宜的に、動画内で名前が確認できない三名の人物はA、B、Cと表記する。

A「――やあ、夜の廃校に肝試しに行くってテイで、動画回せばいいんすかね？」

B「そうそう。でまあ最初は適当に俺たちが回って。次のグループでヨシダさんが肝試ししてるときに」

A「廊下のとこで」

B「そう廊下のとこで、あれ使ってびっくりさせる。でそれを動画に撮ると。場所は暫定だけど、一階の廊下の」

C「え、あれ？　って何なんですか？」

B「あ聞いてなかったっけ。ヨシダさんがさ、あヨシダさんって俺たちの先輩なんだけど。君ははじめましてだっけ今日」

C「はい、名前は知ってるんですけど」

B「そのヨシダさんがさ、何て言うんだろう。人体模型ってあるじゃん？　理科室の」

C「はい」

B「あれがすっごい、怖いんだって。こう、恐怖症みたいな」

A「そうそう。俺もよく知らないんすけど」

B「で、そのヨシダさんに人体模型を見せて、すっごい驚いてる様子を撮影してほしいって人がいて」

C「はあ」

A「だから要はドッキリ映像ですよね。でもそれだけでこんなに貰《もら》えるなんてすごいっすね、ほんとに」

B「な。だからまあ、肝試しのときに廊下の突き当たりで、カーテンをこう、しゃーってやって、人体模型がばーんと。それで驚いたところを隠し撮りして」

C「ああ、ドッキリ大成功、みたいな……え、そんなのにお金が発生するんですか？」

A「そう、なんかそういう画《え》が欲しいんですって。サカイさん？　って人が」

C「……なんで？」

B「まあテレビ番組の爆笑ホームビデオ特集みたいな、そういうノリなんじゃないかな」

A「テレビ局にしてもすごい値段ですけどね。脅かし方もめちゃくちゃ安っぽいのに」

B「まあとりあえず、初対面の女の子が一緒だったら、俺らだけで行くよりはヨシダさんも少しは優しくなると思うし」

A「そうすね」

B「脅かすのは俺たちがうまくやるから、君はなんとなーくカメラ持って誘導してくれればぱ。隠しカメラもバッグに仕込んであるし、お金もちゃんと分配するから」

C「……えー」

B「いや大丈夫だって、ちゃんとお金渡すから、抜け駆けとかしないし。ほらこれ、サカイさんの電話番号。後になってなんか怪しいなって思ったらここに掛けてくれれば」
C「いや、別にそこを言ってるんじゃなくて――」

＊＊＊＊＊

02:14

音と映像が突然（編集によって）途切れ、すぐに再開する。
走行中の車内を撮影していると思われるが、
カメラは依然としてバッグの中を接写し、声を録音しているのみである。
以降は「ヨシダさん」であろう男性が車内に同乗している。

ヨシダ「――したら、こいつらがさあ、学校で肝試ししようなんて言うから。なあ」
B「そうっすね、はは」

A「でもほら、ねえ？　ヨシダさんこういうのにも強そうだし。僕らはほら、怖くて」

ヨシダ「マジで頼りないよなあお前ら。いやでも俺もさ、その、動画？」

A「はい」

ヨシダ「動画回して金貰えるっていうんじゃなかったら行かねえよ。そこ行くだけでそんな貰えるなんてな、映画の素材にでもすんのかね。なんか聞いてたりする？」

C「え。……ああ、いや、特には聞いてないです」

＊＊＊＊＊

02:57

再び映像と音が途切れ、再開する。
恐らく廃校周辺の下見をしていると思われる足音と声が聞こえる。

＊＊＊＊＊

13:01

A「じゃあ、僕らまず最初に行ってくるんで」

ヨシダ「おー」

C「うん、……行ってらっしゃい」

B「いやマジで怖いな……すいませんちょっと時間かかるかもしれないです」

ヨシダ「ビビりすぎだろお前、はは」

＊＊＊＊＊

13:21

A、Bのふたりが肝試しをしに（そしておそらく「人体模型」を仕込みに）廃校の中へ入り、足音が遠ざかっていく。

そして、ヨシダとCのふたりは一旦《いったん》車の中で待機することとなる。

車のドアが二度閉まる音が聞こえ、暫《しばら》く無言の時間が続く。

＊＊＊＊＊

17:32

ヨシダ「普段はどういうことやってんの？　バイトとか」

C「えーっと、この辺のファミレスで。接客というか」

ヨシダ「あー、そっか。免許とかはもう取ったの？」

C「はい、普通車を。一応」

ヨシダ「ふーん」

*****

20:11

ヨシダ「煙草持ってくりゃ良かった」

*****

23:29

C「その、結構かかりそうですね」

ヨシダ「うん?」

C「その、ふたりが帰ってくるまで、時間」
ヨシダ「ああ、滅茶苦茶ビビってたもんなふたりとも。子供かってな」
C「あは、は。でもまあ、夜の学校は誰でも怖いと思いますし」

＊＊＊＊＊

25:02

ヨシダ「学校なあ、俺のクラスにもいたわ。林間学校の肝試しで本気で泣き出す奴」
C「夜だと、不気味ですからね。トイレとか」
ヨシダ「まあ、それはなあ」

C「音楽室の肖像画とか、理科室の骸骨《がいこつ》に人体模型とか。あと、としょ」

ヨシダ「いや、それは良くないって。良くないよ」

C「え？」

ヨシダ「だから。そういうのをさ話に出すのとか。嫌がる奴もいるだろうし」

C「えっと、すいません、その」

ヨシダ「聞いてないの？　あいつらから。(舌打ち) あいつマジで、だから言っとけってって
いっつも」

C「いや、その。えっと、私すいません、知らなくて。じんた、いや何か、言葉とか、お
気に障ったなら」

ヨシダ「いやもうそういうんじゃなくて、本当、駄目だよ。本当駄目」

＊＊＊＊＊

28:18

暫く要領を得ない会話が続く。

ヨシダは明らかに取り乱した様子で「人体模型の話をしてはいけない」という意味のことを言い続けており、自らが自己完結的に話を進めるほどに、話のペースと感情がさらに勢いを増していることが確認できる。

また、Ｃは「それを知らずに話を振ってしまった」という体で聞き手に回ることを選択したらしく、動画が進むにつれて明らかに口数が減少していく。

ヨシダ「俺駄目なんだよ、それ。人体模型」

Ｃ「そう、だったんですね」

ヨシダ「本当に暫く、先生と話して以来話題にも出してなくて」

C「先生？　大学とか、いや大学にそういうのは無いか、高校とかの」

ヨシダ「いや、医者の先生」

C「い………そうですか」

ヨシダ「俺、おれさあ、幼稚園ぐらいん時にさあ。仲良かった〇〇くんって奴がいたんだよ」

C「はあ」

ヨシダ「で〇〇くんと一緒にさ、公園、そう近所にでかい公園があってさあ、砂場がでかい公園。そこで砂の山だか城だかを作って、作ったあと玩具《おもちゃ》のシャベルで叩《たた》き壊すのが好きだったんだよ、そういう遊びに嵌《はま》ってて。分かるよな？」

C「え、あ、はい」

ヨシダ「その日も、バケツとかシャベルとか持って、じゃあ行こう行こうってなったんだよ。でも公園への道の途中にある道路が四車線で、大通りでさ、割とトラックとか通るし、信号もなかなか変わんないから歩道橋があるんだけど、正直突っ切った方が早いからってあんまり使われてなかったんだよな。特に俺たちは早く遊びに行きたいからいつも信号も碌《ろく》に見ずにぱーっと走って突っ切っててさ。その雨のさ、ああその日雨降ってたんだけど、雨の見通しが悪い日にさ、○○くんが俺より先に走って突っ切ろうとしたんだよそしたら、でっかいトラックがばあって走ってきて○○くんを撥《は》ねてさあ」

C「え」（という言葉を発しているように聞こえるが、声が小さくヨシダも気に留めていないため不明瞭《ふめいりよう》）

ヨシダ「撥ねただけじゃなくて引き摺《ず》ったんだよ。たぶん運転手がスピード緩めたからだと思うんだけど○○くんの顔とか体とかが、跳ね飛ばされるんじゃなくてざりざりざりって削れて、タイヤの、そうタイヤで頭が押され、押さえられながらさ、○○くんが粗い石の道路で、すりおろされるみたいになって。雨降ってたからこっちまでびちゃびちゃした音が聞こえて、だからすぐに大人たちが集まってきたんだよ大変だ大変だって。救急車呼べって誰かが叫んで。俺どうしたらいいか分かんないからその場でがたがた震えてさ、お母さんに何て言えばいいんだろう、明日○○くん休んじゃうのかなって思ってたら。突然さっきまでできてた大人たちの輪が急に退《ひ》いて、『うわあこりゃもう駄目だ、警察だ』みたいなこと言い出したんだよ。俺どういうことなんだろうって思ってさ、若干退いたその大人たちの輪に無理矢理入って○○くんのとこに行ったら」

数秒の沈黙。

ヨシダ「○○くんが、人体模型になってたんだよ。人体模型ってさ、半分人間で半分中身じゃんか、○○くんが、そんな感じになって」

C「ひ――」

ヨシダ「俺それ見て、たいへん、こ、えっと、しんじゃった、○○くん死んじゃった、って。どうしよう、どうしようって思ったらさ。そのすぐ後に○○くんが、いやもうこの話信じてくれなくてもいいんだけどさ。○○くんがそんな状態なのにいきなり起き上がったんだよ。最後の力なのか筋肉の反射なのか分かんないけど、むくっと体を上げてこっちに、俺に向かって手を伸ばしてきたみたいに見えて。その場の、俺を引き剥《は》がそうとしてた大人たちもみんな叫びながら後退《あとずさ》って」

C「あ、あの」

ヨシダ「その、崩れた砂山みたいな◯◯くんがさ。こっち見ながら、そう、もう瞼《まぶた》無いから目え閉じれなくて、こっち見ながら俺になんか言おうとするんだけど、言えねえんだよ口がもうあれだから。そんな◯◯くんがこっちに近づいてきて、俺の肩にべちゃって手え置いたときにさ。俺、こんな状況の人間が生きてるわけないし、生きてたら駄目だし、もう駄目だ、って思って」

C「あの、ヨシダさ」

ヨシダ「持ってたバケツとか、シャベルでな、ぼこぼこに殴ったんだよ目の前の奴を。もうそいつは俺の友達じゃなくなってるって思ったからもう何も考えられなくて、その◯◯くんをさ、砂山をさ、ぐっちゃぐちゃになるまで殴ったんだよ俺は、何回も繰り返して、そいつの」

＊＊＊＊＊

34:27

ヨシダはその後も暫く、「自分が○○という友人を殴った／壊した」といった言い回しの発言を繰り返す。Ｃは無言のまま、（恐らく彼が激昂《げきこう》してもすぐに逃げられるようにと）カメラの入ったバッグを手に持ったと思われ、バッグとカメラマイクの擦《こす》れるやや大きな音が度々入る。Ｃの声が若干大きくなる。

ヨシダ「その後で誰かがさあ。『止《とど》めを刺したのはお前だ』とか言うんだけど、それは違うよな。なあ違うよなあ、おい」

Ｃ「あ……はい、そうだと、おもいます」

ヨシダ「な、そうだよな違うよなあ。てかあいつらいつまで待たせるつもりなんだよふざけてんのかあの野郎。もうさっさと行って帰ってくればいいだろうが」

乱暴に車のドアを開ける音。ヨシダの怒号と足音が遠退く。

C「え、あ、ちょっと。待って、その、行かない方が」

恐らくCもドアを開け、カメラの入ったバッグを手に持ったままヨシダを追いかける。しかし明らかに彼を呼ぶ声は小さく、意図的にヨシダと物理的距離を取ろうとしていることが窺《うかが》える。

＊＊＊＊＊

36:02
ヨシダの声が突然反響する。恐らく校舎内に入ったと思われる。
この時点でCの声はもはや囁《ささや》き声のレベルにまで小さくなっている。

ヨシダ「おい何してんだお前ら、そこでこそこそ隠れやがってよ。さっさと」

B「え、ヨシダさん？」

A「あれ、ちょっと駄目っすよまだ来ちゃ」

C「いや、違う違う違う、その、もう、だめ」

ヨシダ「早く来いっつってんだろお前ら、なに角でこそこそしてんだって」

B「わ、ちょっとちょっと」

A「まだ駄目なんですって、カーテンが」

ヨシダ「何してんだお前らさっきから、おい」

C「あ――」

＊＊＊＊＊

36:26

けたたましい絶叫が校舎中に響く。
音割れで判別は難しいが、ヨシダによるものだと思われる。
その後、硝子《ガラス》の割れる音、男性ふたりの悲鳴などが断続的に聞こえる。

＊＊＊＊＊

36:35

ばたばたという足音とともに、反響する悲鳴や衝撃音が大きくなる。

恐らくCが三名の元に走っているのだが、ある地点でCが叫び声をあげ、その場から逃走する。

＊＊＊＊＊

36:58

Ｃが息を乱しながら走り、車に乗り込む。
そのままほどなくして車のキーが回され、エンジン音が鳴る。
車は三名を残したまま廃校を出発してしまう。

＊＊＊＊＊

37:35

明らかに荒い運転による車の走行音。

＊＊＊＊＊

39:13

C「あ、そうだ——電話、あの人。サカイさん、だっけ」

Cが唐突に車を停め、ごそごそとバッグの中を漁《あさ》りだす。

そのままCは、恐らくサカイさんと思《おぼ》しき人物へ電話をかける。

C「あ、あの、サカイさん、ですか。ちょっと、救急車とか、警察とか、呼んでもらっていいですか。ここの場所分かんなくて、その——え」

数秒の沈黙。

C「『それでいいんだ』ってどういうことなんですか、ねえ、ちょっと、さ」

［動画終了］

キャンプの嘘話？

もう何年も前の話なんですけどね。

高校生か大学生ぐらいの、ちょっとやんちゃな仲良し連中で、何をするでもなく集まって駄弁《だべ》ってたんですって。夏の真っ盛りで、とはいえお金はないから遊びにも行けなくて、いつものようにだらだら雑談をしてる。恐らく経験ある方も多いと思いますが――そういう、よくある時間の潰《つぶ》し方。

そこで、回し読みの雑誌を覗《のぞ》き込んでいた誰かが言ったんです。


「そういえば――キャンプって、したことないかもな」


独り言と会話の中間みたいな、曖昧《あいまい》な言葉。

茹《う》だるような蒸し暑さの中で――周りも、ほとんど反射のような返答をしたんです。キャンプ。あ、キャンプって、したことない。確かに。小学生のときにして以来かもな。小学生？　そうボーイスカウトやってて。最近はすごい簡単らしいぞ、雑誌に書いてあった。マジで？

その場にいた全員が何となく、キャンプという言葉に二割くらい惹《ひ》かれている空気がありました。でも金ないしなあ――と誰かが言いかけたとき、やけに含みがありそうな調子で、仲間のひとりが笑いだして。

「ふふふ、ふふ」
「何だ急にお前、どうした」
「俺さ。昨日、パチンコで大勝ちしたんだよ」
「え、マジで？」

聞けば、もしこのままだらだらとした時間が続いたら、全員でパーッと飲みかカラオケにでも行こうと思ってたんですって。もしくはケータリングでいろいろ頼んだり。でもちょうどキャンプの話が出てきたから、名乗りを上げたそうで。

「え、大丈夫なん？　そんな、お前の金だろ」
「いいって、こういう金はパーッと使うもんだから。それこそ焼肉でも行くかって思ってたけど、それならキャンプ行って肉焼いた方がずっと楽しいって」

それまではだらだらと駄弁ってた仲良しグループが、口調もテンションも一気に沸き立って。それが確か昼の一時二時だったたんですけど、よっしゃもう行くぞ、今すぐ行くぞ、って話になったんですよ。若干古いけど大きい車持ってる人がひとりいたから、その車に全員乗り込んで、カーナビ動かして。

「き、や、ん、ぷ、じ、よ、う……あ、出た。ちょい遠いけど、全然行ける距離だわ」

「お。じゃあそこ目指しで行ってみるか」

「道具の貸出とかないかもしれないけど、大丈夫なんか？」

「途中にホームセンターとかあるだろ多分」


ホームセンターに行ったら、キャンプ用品売り場のスタッフさんが親切に教えてくれて。いいカモが来たって思ったのかもしれないですけどね。それこそ雑誌に書いてあったみたいに、最近はすごい簡単なんですよって、一通り教えてくれて。

予算はおいくらぐらいですか、ああそれなら一式揃うと思いますよ、これとこれとこれと、って大きめのカートに積まれてくうちに、みんな完全にその気になったんですよね。

レジを済ませると今度はでっかい業務用のスーパーに行って。肉やら酒やら、思いついたものを片っ端から買えるだけ買い込んだんです。

それで、よしこれで準備万全だと、いよいよ目的地に車を走らせて――昼過ぎに一行を乗せて出発した車は、結局やや陽の落ちた夕方ごろになって到着したんですが。

若干古い車だ、ってさっき言ったでしょう？

多分、カーナビもそれなりに古かったと思うんですよ。

看板は古ぼけてるし、管理人室を含めて周囲には全然人がいない、閑散としたキャンプ場に着いたって言うんですよね。後でちゃんと調べてみたら、もう半分放置されてて、遊びたい人は好きに使ってくださいって状況だったらしくて。

本当は良くないんですよ？　そういう状態のとこで遊ぶのって。
それに――いくら人里離れているとはいえ、夏休みシーズンの休日の午後で、ちょっとカーナビに入れたら出てきて思い付きで行けるような場所なら、絶対にいるじゃないですか。家族連れとかキャンパーさんが。

でも、全然いなかった。

ただ当人たちはそれを変だとは思わず、その時点で運転手以外は酒も入ってたから、貸し切り状態だってテンション上がってたんですって。周りに人家もないし、テント張ってる気配もないから、思いっきり騒げるぞと。

数人のグループだけで使うには広すぎるほど広いキャンプ場。近くには川があって、わりと浅くて流れも遅いものだから、少し先にはなだらかな中洲《なかす》があったそうです。夕方だったこともあって、山奥のその場所はかなり涼しく、気晴らしに騒ぐにはもってこいの場所でした。


テントを張る人。

火おこしをする人。

買ったばかりの七輪を組み立てる人。

ありあわせの袋と紐《ひも》を使ってスイカを冷やそうと試みる人。

童心に返った彼らは、めいめいに夏のキャンプを楽しんだそうです。


「よし、最初にあの中洲着いたやつがあそこの所有者な」

「え、ちょっとスタート地点不利じゃないですか俺――水冷たっ」

「領有権って空中ならセーフっすよね？」

「やめろお前、もうここ俺の場所だからな」

「野菜焦げまくってんだけど」

「いいってこんなん適当で」

「おーい、スイカ割れましたよー」

「まだ全然冷えてないだろそれ」

「え、棒とかあったっけ？　バットとボールは買ってなかったよな」

「あっちにあった岩で割りました」

「岩」


陽が落ちると肉も焼き始めたから、余計に酒が入って。

文字通り、飲めや歌えやの大騒ぎだったんですって。周りには誰もいないし行き当たりばったりの適当キャンプだから、もう何しても楽しくて。


で、一通りのことをやり終わって。

夜の九時、十時ぐらいだったかな。辺りもすっかり暗くなったころ。

やっぱ若いと言ったって、その頃になったらちょっと疲れがくるじゃないですか。昼からここまで、ナチュラルハイで頑張ってきたわけですし、流石に。

ただ、辺りはすごくいい雰囲気なんですよね。適度に涼しいし、星も綺麗《きれい》に見える。テントも寝袋も新品だから、静かに寝転がってるだけでも十分に気持ちよくて。

そしたら、ふっと誰かが言い出したんです。

「こういうときって、やっぱ怖い話大会だよな」

確かに。キャンプっぽいことを片っ端からやっていた面々ですから、それを拒否する理由はありません。外で酒飲んでたやつも寝袋でうつらうつらしてたやつも一旦《いったん》全員集まって、同じテントの下で車座になったんです。

電池式のランタンをひとつだけ輪の中心に置いて、それ以外の明かりをすべて切る。
聞こえるのは川のせせらぎと、幽《かす》かな虫の声だけ。
怖い話をするには、かなりいい雰囲気だったそうです。

それじゃあ、と勿体《もったい》ぶって――
誰ともなく、ぽつぽつと怪談話を語り始めました。

でも。
でもですよ。
ひとつ、重大な問題があって。

その話がぜーんぶ、全然怖くなかったんです。

みんな酔ってて呂律《ろれつ》も回んないし、そもそも怪談の類《たぐい》なんて普段見聞きもしないような人ばかりが集まってたから。起承転結もぐちゃぐちゃだし、オチもなければ登場人物も判然としない。何その話、おじいちゃん三人ぐらいに分身してない？　みたいな。

話が続くうちに——誰も言い出しはしませんけど、雰囲気がどんどん盛り下がっていったんですって。完全に白けてて、おいどうすんだよ、誰が収拾つけんだよこれ、って空気だけがどんどん膨らんでいく。

これはちょっとマズいなって、特に強く思った人がいて。

この方を仮にAさんとしますが——ほら、どのコミュニティにもいるじゃないですか。場回しに長《た》けてる、地頭のいいやつが。ピリピリしてる場をぱっとなだめるのが滅茶苦茶うまい人。彼はグループの中でいつもそういう立ち回りをするタイプの人で、だから人一倍危機感を持ってたんですって。

何かないかな。怖い話。

順番的にはもうすぐ自分の番だし。

あ、あいつの話、もうすぐオチに来てるっぽいな――うわ、「お前だ」のタイミング完全にミスってんじゃん。ただうるさいだけだよそれだと。


沈黙が耳に痛い。

あれだけ心地《ここち》好《よ》く聞こえていた川のせせらぎが、今では気まずさを引き立てる効果音にしか聞こえない。

川の中洲で騒いでいた数時間前の記憶が、今や遠い昔のようで――


と。

そこで彼は、あることを思い出したんです。

彼の弟が、インターネットで海外の事件事故やら、グロい動画やらを見るのが好きな人で。ちょっと前にまた彼がそんなサイトを見ていたときに、呆《あき》れながら後ろから目にしたその動画のことを、パッと思い出した。


人が溺死《できし》する動画、だったそうです。

恐らくはアジアの、どこかの地域で撮られた動画。

台風だか大雨だかで増水した川の中洲に、ひとりの女性が取り残されてる。

野次馬のひとりが、その様子をハンディカメラか何かで撮影している。


明らかに、もうどうしようもないんですって。

流れが急すぎて、ロープで引っ張ることもできない。

ヘリで救出しようにも、大雨のせいでそもそもヘリを飛ばせない。

カメラの周りでは、現地のことばで色んな人が色んなことを言ってて、もちろん意味は分からないんですけど――その打ち沈んだ声のトーンで、言っていることは何となく分かる。中には声援というか、恐らく女性に対してきっと助かるみたいなことを叫んでる人もいるんですが、その声も濁流の轟音にほとんど掻《か》き消されている。


助からないんですよ。確実に。

すると、中洲にいる女性がね。


突然、踊り出すんですよ。

自分に差し迫った死を前に正気でいられなくなったのか、
そもそも増水する川にたったひとりでいるぐらいだから、
元々酒か薬をいっぱい摂取していたのか、それは分かりませんけど。

周りの人も、何か察するものがあったのでしょう。
各々が悲痛な声を上げる中、
増水する川の水はどんどん彼女を飲み込んでいって。

踝《くるぶし》、
膝《ひざ》、
腿《もも》、
そして腰に濁流が達したあたりで。
彼女は、ゆっくりと流されていったそうです。
まだ沈んでいない両腕をひらひらと躍らせながら。
それを思い出したAさんは、これだ、と思って。

その話を元に、ひとつ話をでっち上げてやろうと考えたんですって。

「…………それじゃあ、ちょっと」

大仰に座り直す仕草を入れて、彼は話を始めました。

「実は俺、なかなか言い出せなかったんですけど。ひとつ、知ってる話があって」

友人たちも、こいつならこの空気を何とかしてくれる、と思ったんでしょう。彼らは、やや前のめりになった。この話に乗ろうみたいな雰囲気に、全体がなったわけです。

「え、なになに。なんだよ、急に」
「実は、このキャンプ場ね、――人死んでるんですよ」
「えっ」

本気にしている人が半分、していないけどそれらしく相槌《あいづち》を打ってくれている人が半分、といった感じでした。

「キャンプのシーズンなのに、全然客がいなかったでしょう。こうしてる今も、テント張ってるのは俺たちだけで」

「お、おう。確かに」

「あそこ」


彼は、テントの向こう、川のせせらぎが聞こえる方向を指さしました。

「昼間、みんな楽しそうに遊んでたあの中洲で。ひとり、亡くなってるんです」

聴衆は口々に、恐怖に満ちた反応を返します。


「え……そうだったのか」

「マジで?」

「あんまり騒がない方が良かったのか——悪いことしたな」

「それってやっぱり、溺《おぼ》れて死んだってこと?」

ええ、と彼は頷《うなず》く。

「今は浅いですが、台風の時期になると、かなり増水するそうです。しかも、ここみたいな下流の方だと、警報に気付かなくてそのまま残っちゃう人がたまにいるんですよ。あっという間に、水嵩《みずかさ》がどんどん増して」

川の中洲に取り残されて、もう助からなくなっちゃう。

Aさんは、あの動画を思い浮かべながら、必死に即興で口を動かし続けます。

「勢いも強いから、助けようがないんですよ。その日に亡くなったのは——ひとりの女性だったそうです」

そこまで話したところで。

彼は、ひとつの悩みどころに思いが至ったんです。

これ、動画の内容をそのまま使ったらだめだよな。

後で誰かが例の動画を見つけて、パクったとか言われたらあれだし。

実際に人が死んでるわけだから、そのまま使うのもな。


どうしよう。

何か、別の言葉。

話のオチを引き延ばしながら、彼は頭を回転させたんです。


増水した川。

増水した川で、女性が死んだ。

増水した川で、女性が死ぬ前、に残した言葉。

そうだ。


「その女性はね。泣き笑いみたいな顔で、こう言ったそうです」

固唾《かたず》を呑《の》んで見守る友人たちの前で、彼は話を続けました。

「自分で蒔《ま》いた種なんだから、しょうがないですよ」

「自分で蒔いた種なんだから、しょうがないですよね。自分が蒔いた種なんで。そう、なぜかぺこぺこと頭を下げながら叫んだんです。周りも、何を言ってるんだあの子、ってなったんですけど、そのすぐ後に上流の方から一際大きな水の塊が来て」

壊れた笑みを浮かべたままの彼女は、そのまま濁流に飲まれて。

その姿はすぐに見えなくなってしまったそうですよ。

Aさんは、そう話を結びました。

その時点で、聴衆である友人たちは、水を打ったように静まり返っていました。Aさんも、これは行けた、って思ったそうです。何とか、それまでの白けた空気を払拭《ふっしょく》するような怪談を作ることができた、と。

ここまで来れば、後は話をまとめればいいだけですよね。彼も当然そう思って、怪談話にありがちなオチを付け加えて、自分の番を終わりにしようとしたんです。

「それからというもの、このキャンプのシーズンになるとね。川の方から声が聞こえるそうなんです。半笑いで張り上げるような女性の声で」

でも。

「『自分で蒔いた種なんだから、しょうがないですよ』って——え?」


彼の話に重ねるように。

テントの向こうから、女性の声がしたそうです。

もっと具体的に言えば、さっき彼が指をさした中洲のあたりから。

Aさんは訳も分からず、その一瞬で色々なことを考えました。


なんで?

何が起きた?

誰かがオチを先回りして驚かしたのか? いや、そんなわけはない。今まさに自分が即興で作った話に合わせられるわけがない。そもそも声の主は女性だった。それなら、他のキャンパーが酒に酔って盗み聞きでもしていたのか。それも違う。さっき自分で、このキャンプ場には自分たち以外いないって言ったばかりだろう。それなら本当にキャンプ場の幽霊が出たのか。それはない。一番ない。そんなわけがない。だって。

だって、いま俺がでっち上げた嘘話なんだぞ。

ただぽかんと彼の様子を眺めていた友人たちの表情が、徐々に明らかな恐怖に変わっていきました。だって、彼がそんな風になるのなら、「これ」は本当に想定外の事態だということなんだから。

「しょうがないですよねえ、自分が蒔いた種なんで」

ざぶ、ざぶ、という音とともに、その声が近づいてくるのが分かりました。

もう、テントの中はパニック状態ですよね。酔いなんかとっくに醒《さ》めて。やべえやべえってただ叫んでるやつとか、腰抜けちゃって呆然《ぼうぜん》としてるやつとか、大変なことになってて。でもそうこうしてる間にも、そのにやけた女の声は近づいてくる。ざぶざぶと水を含んだ音がざくざくと石が擦《こす》れる音に変わる。川を上がってきてる。テントに近づいてくる。誰かが叫ぶ。中央のランタンがくらくらと揺れる。

どうすればいいんだ。すぐにでもテントを出るべきか、それよりも何とか扉を塞《ふさ》いで、みんなでテントの中に籠《こも》るべきか。思考がぐちゃぐちゃになったAさんが、そこでぱっとテントの入口を見たらね。

ずっと入口のあたりに座っていた、そのグループの中で一番歳上の先輩が——じっと自分のことを見てるんです。

その人は一番の先輩気質というか、旗振り役というか、こういうことがあったらすぐに何か指示を出せるような人なんですよ。お前ら早く逃げろ、落ち着け、そんな風に。

でもそのときの先輩は汗を流しながら、ずっとテントの入口のあたりであぐらかいてて。動かない。何か言いたそうで、でも言葉がまとまらない、そんな表情で、ただ座ってるんです。


「あ、あの、先輩？」

「——だよ」

「はい？」

「それで、どうなるんだよ」


すごく震えた声で、先輩はAさんにそう尋ねたそうです。


「……え？」

「だから、その話。この季節になると、川の方から女の声がして、その先だよ。どうなるんだよ、その後、その話は」

何言ってるんだ。Aさんはまずそう思ったんですって。そりゃそうですよね、今は話のオチよりも、今まさにテントの向こうから聞こえてくる声の方が明らかに重要なんですから。

女性はね。そのとき、恐慌状態のテントの周りを、ゆっくりと歩いて一周していたそうです。テントの中の様子を、にやつきながら傍観するみたいに。わざと足音を立てているんじゃないかってくらい大きな足音をざくざくと立てながら。

「おい、聞こえてんのか。最後、どうなるんだよ。その話は」

「そ…………れ、は」

そしたらAさん、自分でも何故か分からないんですけど、その質問の「答え」がぱっと脳内に浮かんだんですって。自分でそんなことを考えるわけがないのに、**途中で話に割り込まれるみたいに**、このお話の「結末」が頭の中に捻《ね》じ込まれたんです。

そのまま何人か連れていかれちゃう、って。

思わず口を押さえました。そんなこと絶対に言うわけにはいかないから。すぐそばで足音が聞こえる中でそんな結末を口に出して、この話を終えてしまっては絶対にいけない。もはや本能でAさんはそう思った。

「……っ」
「どうなるんだよ、なあ。女の声がして、足音が聞こえて、それで」
「――だ、だから」

Aさんは、そのイメージを撥《は》ね除《の》けるように叫びました。

「あ、朝まで、テントから出ずに頑張れば、何とかなるんですよ」

そう言った瞬間に。
入口のあたりで外からテントを掴《つか》まれ、がたがたと揺らされて。

「違うでしょ、あたしが何人か引っ張って行っちゃうんでしょ」

口角の上がったような女性の声が、テント中に響いたそうです。

次にAさんが目を覚ますと、辺りは朝になっていて。

そこで彼は、自分が中洲にいることに気付いたそうです。

半袖《はんそで》や短パンから覗く腕と脚には、浅い傷が幾つも付いていました。

それが、自分でも無意識のうちに這々《ほうほう》の体で逃げ出したから付いたものなのか、それとも別の——例えば誰かに無理矢理引っ張られたとか、そういう理由があるのかは彼にも分からなかったそうですが。


辺りを見ると、他の友人たちも川べりやテントの入口あたりに倒れ込んで、のびているようでした。溺れてる人などはいなかったんですが、彼らも一様に擦り傷や切り傷を付けていたそうです。

Aさんは慌てて川べりやテントに向かい、みんなを起こして回りました。

川の水で傷口を洗っている最中《さなか》、彼らは痛みに顔を顰《しか》めながら、めいめいに話をしていました。

「痛《い》ってて、なんか大変だなみんな」

「ほんとだよ。救急セットも買っといてよかった。あの店員さんに感謝だわ」

「自分でもびっくりだわ。記憶無くすまで飲むとか、はしゃぎすぎてた」

「なー。あ、ありがとうなAも、手伝ってくれて」


どうやら、彼らは全員、あの出来事のことを覚えていないようなんです。

彼らの中では、久しぶりのキャンプで箍《たが》が外れてしまったのだろう、ということで話がなされていて——嘘の怪談話も作れない彼らの性格をよく知っているAさんは、彼らの態度があの恐怖譚《たん》を忘れようとするための方便などではないことを、よく理解していました。

だから。


「……ああ、そうだな」


Aさんも、友人たちに話を合わせて、キャンプの後片付けを始めました。

彼が、当時の友人の前で二度とその話をしないと誓ったことは、言うまでもありません。


そういえば。

この話を聞いた別の人がね、少し調べてみたそうなんですよ。

件《くだん》のキャンプ場を、ではないですよ？　その嘘話の元になった、女性が踊りながら流されていくという、インターネット上の動画の方をです。

その方はある程度、インターネット上で有名なグロ動画——やれ首を斬られたただの建物から飛び降りただの、その類の動画を知っている方だったんですって。だから大抵の動画であれば何となく見当がつくんですけど、その動画のことは全然知らなかったらしくて。まして「女性が踊りながら流されていく」なんて目立つ内容、絶対に覚えてるか話くらいは聞いたことあるはずだから、余計に気になったみたいで。

ネット上の情報を頼りに、検索ワードの言語を変えてみたり、グロ動画系のサイトを片っ端から探ってみたり、色々なことを試していたんですけど。

そしたら——

一か月くらいかかって、恐らくこれであろうという動画を見つけたそうなんです。その話のディテールとの一致を鑑《かんが》みれば、話の元になったのは多分これだろうと。ただその人曰《いわ》く、その動画は言及されていた内容とまるきり一致しているわけではないから、実際には別の「本物」があるのかもしれないんですが。

その動画は、導入に関しては「嘘話」のそれとまるきり同じです。

恐らくはアジア圏の動画。

豪雨で増水した川の真ん中に女性が立っている。

動画はそれを遠巻きに見ている人々のうちのひとりが撮影したもので、レスキュー隊や現地の男性たちも手が出せないでいるうちに、濁流がどんどん彼女の脚を腰を下半身を飲み込んでいく。恐怖に歪《ゆが》んだ泣き笑いのような表情の女性はやがて、水中で踏ん張っていることもできず、ぐらりとバランスを崩して——

そのまま、流されていきました。

数秒ほどで、女性の姿はあっけなく消えていったそうです。


分かりますか？

突然踊りだすとか、それを見た野次馬が悲痛な声を上げるとか、そういったことは一切なく、ただ泣き笑いのぐしゃぐしゃな表情をこちらに向けたまま、濁流に押し流されていく。そういう動画だったそうです。


先ほども言った通り、それが「本物」の動画ではないからだ、という可能性もあるんですが――ただ、別の可能性もあるような気がしていて。

その動画を見て、「踊りながら流されていった」って、どこかの誰かがディテールを付け足したそのときから――「嘘話」は始まっていたんじゃないかと、そうも思うんですよ。

幕間 Ⅴ

加：……なるほど。この「jintaimokei.avi」っていうのが、最初に言ってた「動画付き」の話の、一番分かりやすい例なんですかね。つまり「動画そのものを掲載していた」と。

か：多分、そういうことになるのかな。

加：一旦《いったん》説明しておくと、元々「禍話」で語られた「人体模型」っていう話は、昔のアングラなインターネットで拾った変な動画、通称「人体模型の動画」にまつわる怪談だったんですよ。その動画を入手した知り合いづてにそれを見た人が、翌日に――「ヨシダさん」とよく似た怒鳴り声を、自宅の玄関のドア越しに聞いた、という。

か：そう。だから当時の俺も、何かあったら嫌だからって、詳しいとことかを大分ぼかして話したんだよ。まあ当然、話の元ネタの動画をそもそも俺は見てないし、動画の内容の又聞きを又聞きしたぐらいのポジションだから。

加：でも、これを読む限り――「第n回」の配信では、動画「そのもの」を流してたんですよね、多分。注意書きもぼかしも経緯説明も一切なく、突然。梨さんは動画のコピーを持ってるそうですけど……僕は絶対に見たくないな。梨さんが書き起こしたものを読むので十分です。

か：うん。だから言ったでしょ？　確実に「俺」ではないんだよ、それは。

加：……とりあえず、今回集めることのできた範囲では、一旦これで全部ですね。

か：いや、実は、もう一個あるんだよ。

加：ん？　リライトの原稿、もうないですよ。梨さんがまだ作業中ってことですか？

か：そうじゃないよ。聞いてないものは書けないだろ。

加：は？　まさか今から話すんですか？

か：それは説明するよ。段階ってあるから。

加：は、はぁ？　とりあえず最後まで聞きましょうか。

か：まず今回の、この場で、俺らに明確に振られてる依頼は、「第n回」についてああでもないこうでもないって思うこと。だからさっきまでも色々ね、取り留めもなく話してきたわけ。「リライト」のこととか。ほら初見の人も結構いるだろうし。分かりやすくね。

加：そうですね。説明も兼ねて。

か：あとは、語られた「お話」自体が、別の生き物、人間とかとは違う仕組みの生物に近いってこととか。どこまで使われんのかも分かんないけど。まあだからこれも、そういう取り留めもない話の延長線上としてね、聞いて欲しいんだけどさ。

加：はいはい。

か：それこそ蛸とか、再生する生き物っているじゃん？　そして神経とか脳が体のあちこちに散らばって存在している生物もいる。足とか尻尾《しっぽ》とか切っても、切られたとこがそのまま動いたりするやつもいる。そういう構造なんだよね、あれは。

加：はい、はい。

か：しかもさ、生き物によっては、「切ったとこから新しく生えてくる」やつもいるらしいじゃん。分かる？　上半身と下半身で半分に切ってさ。

加：あー、知ってるかも。下半身からは上半身が生えて、上半身からは下半身が生えて、結果的に一体が二体になるってやつ。新しい脳もできるんですよね。

か：そうそうそういうの。で、さっきの話に戻るけど、「お話」自体もこう、生き物じみたとこがあるわけ。ちょっと目を離したら勝手に動いたり、増えたり、大きくなったり。しかもタチが悪いのが、「禍話」っていうのはさらに「リライト」と「切り抜き」があるんだな。どっか一部分だけ切り取ったり、色んな人が色んなものを生やしたりして、より怖いものができることもあって。俺もリライトで読んで初めてうわ怖《こえ》えってなるやつとかざらにあるわけ。

加：あっ、話が見えた気がする。そっか、そういう意味での生き物ってことね。

か：色んなとこに「脳」が生まれて、増えてるわけだからさ。切り取ったところからも、色んな部位が新しく生えてもおかしくないわけじゃん。一体が二体になったりして。

加：はい。それはそうですね。そういう生き物だから。

か：だからさ、「第n回」について「俺みたいなやつが『禍話』を演《や》ってる、存在しない回がある」って色んな人が言ってるじゃん？　それも「突然現れた」みたいな言い方してることが多いけど――**どっかの「切断面」から、ずるっと「生えてきた」**って方が正しいんじゃないかなってね。取り留めもなく思って。

加：はいはい、なるほど。そっか、その感じは、すげぇしっくりきましたけど…………なんか、っぽくないなぁ。

か：で、ここまでは前提ね。次の話を、ちゃんと喋《しゃべ》りたいから。柄にもないけど、梨さんや、リライトしてくれる人のためにと思ってさ。

加：ちゃんとしてますね。この対談も始めは雑談や冗談で脱線するのかなと思いましたけど、全然そんなことなくて。筋の通った、綺麗《きれい》な形になったし。ただ……やっぱり、っぽくないんですよ。あの、いいですか？　ひとつ訊《き》きたいことがあって。

か：それじゃ、説明は終わったから。話をしようか。

加：……先輩。

か：あ、そうそう。今からする話を聞いて、ちょっとでも「禍話」が気になったって方がいらっしゃったら、ぜひ毎週土曜の夜にやってる音声ツイキャスとか、音声だと聞きづらいなら「禍話リライト」って検索したらいっぱい文章が出てきますので、そういうのを見て頂けたらなと。

加：ほんとに先輩ですか？　あなた。

か：音声のアーカイブもあります。よければ「禍話」で検索してください。

加：ほんとに先輩ですか？　あなた。

か：これは、俺自身あんまり人にしたことがない話なんですが。

How I wonder what you are

パソコンのスピーカー越しに声が聞こえる。

＊＊＊＊＊

これは、俺自身あんまり人にしたことがない話なんですが。

少し前の記憶なんですけど、俺、飲み会をしてたんですよ。酔っ払ってたんで何人いたかもあんまり覚えてないんですが、加藤くんとかジィルさんとか皮肉屋くんとか、そういういつもの面子《メンツ》じゃなくて。少数の知り合いで飲んでるみたいな感じね。

そこで飲んでる人は、自分がこういう活動をしてるってことも知らなくて。だからいつもの馬鹿話をする場ってよりは、職場の同僚との飲み会ぐらいの雰囲気なんだわ。

で、なんでそういう流れになったのかは覚えてないし、普段なら酔ってても絶対自分から人に話したりはしないと思うんだけど。

なぜか自分が、例の女について話してたんですよ。

あ、例の女っていうのは、分からない人に説明しておくと、この「禍話」で度々名前だけ出てくる、ある女性のことだな。一時期俺に付きまとってて、今もたまにちょっかいをかけてくる、恐らくは人ではない何か。自分から改めてこうやって説明するのも変な話だけど。

名前も、まあ知ってるっちゃあ知ってるんだけど、それは絶対に言わないことにしてて。「例の女」がそのまま通称になってるのも、たまにリスナーさんがリライト記事を出しては不思議な体験をして、リライト記事自体を削除してるのも、それくらいに「例の女」が厄介な存在だからです。相当込み入った話なのでそれ自体の話の詳細は省きますが、とにかくそういう話があるんですね。

ここまでの説明でなんとなく分かったと思うんですけど、そんな話を俺が自分からするなんてまあ有り得ないんだよ。まして俺が怪談の配信をやってるってことも知らないような面子だから。

そんな酒の席で、急に俺が「例の女」の話をしだしたんですよ。

しかも――「その人の名前」をそのまま出した状態で。

当然、周りはぽかんとしてて。そういう雰囲気でもなかったし、俺も含めてみんな酔っ払ってるし、たとえ素面《しらふ》だったとしても急にされたら困惑するような話なわけで。一通り話し終えても場はなんとなく、ぐにゃっとした感じになって。そのまま何が起こるでもなく飲み会は解散になったんだよな。

そしたら――その飲み会に参加してたひとりの女性が、一週間ぐらいしたころだったかな、急に電話してきてね。ちょっと話したいことあるんですけど、近い日程で会えたりしますかって。

何だろう珍しいなって思ったけど、断る理由も別にないから、前に行った飲み屋のわりと近いところにあるファミレス的な場所で待ち合わせて。

そしたら彼女が俺に会うなり開口一番、

「例の女が来ました」

って言ったんだよ。

一瞬何のことかも分かんなくて。ちょっと考えてから、ああ前の酒席での話かって思ったんだけど――でも、あれ？　ってなったんだよね。

そもそも、あの席にいた人たちって、自分が怪談の配信をやってるって知らないわけだよ。俺が話の流れでぽろっとそういう活動を匂わせるぐらいのことはしたかもしれないけど、少なくとも「禍話」の名前は出してなかった。

だとしたら、あの時にした話と「例の女」って通称が繋《つな》がることはないでしょ。「あの名前」を配信で出したことは誓って一回もないから、検索しても何も出てこない。

仮に「例の女」っていう通称をあの席で話に出してたとしても、そんな検索性の悪い言葉から俺の活動に繋がるわけはない。

話の内容の印象的なところを抜き出して検索したとしても、リライト記事自体が軒並み削除されてるんだから辿《たど》り着きようがない。


なのに、その人は俺に向かって、例の女が来たって言った。

一旦《いったん》話を聞きましょうか、って俺は答えて、ひとまずふたりで席について。

向かい合ったその人は、そのまま話を始めたんです。

心底怖がってるって感じじゃなく、
なぜか誇らしげな、自慢してるみたいな口調で。
あの話をされた、数日後だったと思います。
私は今ひとり暮らしをしてて。寝室の隣には、物置代わりに使ってる狭い部屋があるんですが――夜中寝ているとき、その部屋から変な物音がしたんです。何か物が軋《きし》むような、ぎし、ぎし、みたいな音。

怖いっていうよりは、積んでた何かが倒れたのかな、ぐらいの気持ちで、寝室を出てその部屋の扉を開けたら。

真っ暗闇の中で、全然知らない女の人がべたりと床に座ってて。

よく見たらその人、俯《うつむ》いてぶつぶつ言いながら、何かを動かしてるんです。

何をしてるんだろうと思って近づいたら、

そこにあったのはピンク色のトイピアノでした。

姪《めい》っ子が遊びに来た時に持ってきてそのまま放置されていた、二オクターブ分ぐらいの小さなやつ。確か単二電池を何本か入れれば音が出るんですが、物置部屋に仕舞い込んだ時点で電池は入ってませんでした。

女性は、そのチープな造りのトイピアノの鍵盤《けんばん》を、両手の指を何本も使って叩《たた》いてて。

当然音は出ないから、ぎしぎしと鍵盤を押し込めるような音だけが、その部屋の中でずうっと同じテンポで鳴ってたんです。要は曲を演奏する真似事をしてたんですね。

その人、ピアノを弾きながらずっとぶつぶつ言ってるから、何を言ってるんだろうって耳を澄ましたら――どうやら、めちゃくちゃ平坦《へいたん》な音程で、こう言ってたんです。

きー、らー、きー、らー、ひー、かー、る
おー、そー、らー、のー、ほー、しー、よ

繰り返し繰り返し、音読するみたいに。

まー、ばー、たー、きー、しー、てー、は
みー、んー、なー、をー、みー、てー、る

次に気付いた時には、朝になっていて。

私はベッドの中にいました。

夢の中の話だったのだろうかと、一瞬思いましたが。

確認のために物置部屋まで向かうと、部屋の中央にはあのトイピアノが置かれていて、長く放置されて埃《ほこり》が溜《た》まっている鍵盤の幾つかの箇所には、ちいさく指の跡が付いていました。

これは明らかに例の女だと思うのですが、どうですか。

彼女がそこまで話し終えると、俺もだいぶ考え込んで。

さっき感じた疑念も含めて、本当に何となくだけど見当が付いてたんですよね。

それが「例の女」じゃないって。


ただ、それをそのまま伝えるのもなんだか憚《はばか》られて。だから一旦その結論の判定を保留して、彼女に質問してみようと思ったんです。そこでピアノを弾いていた女性って、どういう顔をしてましたかって。

そしたら、彼女も滔々《とうとう》と説明をしてくれたんですけど——まず髪型から違ってたんだ。俺がずっと体験してる「例の女」のものと。その後も鼻の形とか唇周りの黒子《ほくろ》とか、色々ディテールを話してくれるんだけど、どれも全くと言っていいほど例の女と異なってて。

だから、多分だけど——彼女の言っているそれは、例の女の話なんか何も関係なくて。ただ彼女の過去と深いかかわりのある、得体の知れない別の何かなんじゃないかな、と思ったんです。

そもそもピアノを弾きながら真っ暗な部屋で俯いていたのに、髪型はともかく鼻の形や口元の黒子まで明確に判別できるわけもないじゃないですか。だからそれは、彼女がもっとずっと前に何遍も見てきた、別の人の顔を「思い出してる」だけだと思うんですよね。

俺が考え込んでるのを肯定と捉《とら》えたのか否定と捉えたのか、彼女はどう思いますかと何度もしつこく訊《き》いてくるんです。これは何か言わないと帰してくれない雰囲気だなと思ったから、頭の中で色々と言葉を選んで、口を開きました。

「多分それは、少し違うと思いますよ」

でも。
そのとき、俺はかなり動揺してたんです。

「だって、その女性は両手でピアノを弾いてたんですよね」

自分の口から出た言葉が、自分が思ってることと全然違うんです。俺は確かに、上手く相手の問いをはぐらかすような返答を頭の中で考えていたはずなのに。自分の口をついて出る言葉は、まるで自分の意志とは無関係の、不可解な言葉ばかりだったんですよ。

「はい」

そんなことを知る由もない対面の女性は、俺の言葉を頷《うなず》きながら聞いてました。

「そのとき、その人は両手の指を何本も使っていて、鍵盤を押し込める音は、ずうっと同じテンポで鳴っていた」

「はい」

そして俺自身も、自分の口から出るその言葉を、ただ聞いていることしかできませんでした。

「それはよく考えたらおかしいと思うんですよ。いわゆる『きらきら星』を遊びで弾くんなら、片手の人差し指一本で事足りるでしょう。オクターブ違いで弾いていたとしても、両手の指を一本ずつ使うだけです」

「言われてみれば、そうですね」

「それに、『ずうっと同じテンポで』鳴っていた、というのも気になる。『きらきら星』をメロディ通りに繰り返し弾いたとしたら、そのテンポは一定じゃない。ドドソソララソ、ファファミミレレド。それぞれの間に休みが入る」

「——確かに。しかも、そのときのテンポはもっと遅かった気がします。歌詞の一文字一文字に合わせてピアノを弾いてるんじゃなくて、もっとゆったりしたテンポで」

「ああ、そうですよね。だとしたらやっぱり、ちょっと違います。つまり」

自分の声が、まるで他人のものみたいに聞こえました。

「その人は、曲の演奏をする真似事じゃなくて、伴奏をする真似事をしていたんだと思います。だから、そのときの彼女の平坦な音程も、歌っているのではなくて、歌う人に合わせて声を出していただけです。その人は本腰を入れて歌う必要はありませんから」

「——じゃあ、あのとき」

「多分、部屋の中には『もうひとりいた』んじゃないですかね。伴奏だけでは流石に成り立たないし、あなたが起きたときから鍵盤を押し込める音は鳴っていたんでしょう？　なら、あなたが起きる前からその部屋にはふたりいたと考える方が自然です」

「…………なるほど」

　彼女は、神妙な顔をして、顎《あご》に手を当てました。

「じゃあ、その『もうひとり』って、一体誰なんでしょうか」

「それは、俺にも分かりません。その人とは全く関係のない何かなのかもしれないし、逆に、その人ととても近しい誰かなのかもしれない」

「――前、配信で言ってたじゃないですか。『DMが来た』って。トルエさん、でしたっけ？　夢の中で、あなたと飲み会をしていて。そこにいたあなたの顔全体に、真っ黒くて丸い影みたいなものがかかっていたって」

「ああ、ちょっと前の通常配信ですね」

　そのDMが送られてきたことは確かに覚えていますが、
　それを「禍話」の配信で言った覚えはありませんでした。

というか、それに言及している彼女は、「禍話」自体知らなかったはずです。

果たして、それは本当に存在する配信なのだろうか。

自分の頭の中だけで、そんな思考が巡らされていました。


「その黒い影って、何なんでしょうかね。何となく、あなたが話していた『例の女』や、私が体験した話に関連しているような気もするんですが」

「それも確実なことは言えませんけど、予測はできます。多分、星なんですよ」

「星？　『きらきら星』が、なんで関係あるんですか」

「いや、『きらきら星』の童謡そのものではなくて」


皆既食。

「その人と、その人が見ている俺の間を、もっとずっと大きな何かが遮っていて。それが黒い影として見えたんでしょう。あなたに『もうひとり』が見えなかったのも、もしかしたらそういうことかもしれない」

「…………」

「正直なところ、あなたが見た女性の顔は、俺が見てきたものと全く違っていたんですよ。顔立ちも髪型も。だから、何でだろうなって思ってたんですけど——今、何となく分かりました。だって、オリオン座はオリオンの形をしてないんだから。まったく原形のない星の集合体を見て星座を想像するみたいに、俺たちはただの影に、全く違う人の顔を想像していたんでしょう」

「はい、その通りです」

自分の口をついて出る、全く心当たりのない言葉に、彼女がそう返答した直後。

目の前に座っていた彼女の顔が、くにゃりと崩れていきました。

蛞蝓《なめくじ》に塩をかけたときみたいに。

彼女の顔を覆っている膜のような肉が、とろとろと剥《は》がれていく。

そして。
彼女の首から上はみるみるうちに、
星のように黒い点がまばらについた、
ぶよぶよした肌色の何かに変わっていきました。

喩えるならアメーバやプラナリアのようなその姿で、
目の前に座っている、物言わぬ肉塊を見て。
俺は何となく悟りました。

これは、変わったのではなく、戻ったんだ。
なぜ自分は今まで、これを普通の人間の顔だと思っていたのだろう。
いや、そもそもなぜ自分は今まで、彼女を知り合いだと思っていたのだろう。
何度思い返しても、あの酒席がどういう経緯《いきさつ》で開かれたのかを思い出せないんです。そこに同席していた、何となく知り合いだと思っていた人たちのことも。まるでその前後の文脈から自分自身が切り離されたみたいに。

だからそのとき、もしかしたら、って思ったんです。

もしかしたら、それこそ自分もプラナリアみたいに、
話から切り取られて、複製された側なんじゃないかって、

＊＊＊＊＊

パソコンのスピーカー越しに聞こえていた声が、その辺りまで達したところで。
彼らの声と姿をしたモノの顔が、とろりと崩れていった。

「禍話　第n回」についての情報が集まり、そのリライト原稿が完成したところで、私は「禍話」のふたりにインタビューを依頼した。謎の配信についての話をするためのウェブ会議に、ふたりは見慣れた姿で現れた。
会話はつつがなく進んでいたが、インタビューの終わり際に突然、「彼」は「まだもう一個話がある」と言い出して。
先ほどの話をまくしたてるように話し終えると、
その顔はまるで粘性を持った液体のように崩れて。

そこで接続が切断された。

「…………」

自分はあのとき、誰と話していたのだろうか。
自分は今まで、何を聞いていたのだろうか。

その疑問に対する答えは、今もなお出ていない。
ただひとつだけ確実なのは、
いずれにせよ私が作れるのはあくまで「禍話」の複製《リライト》である、ということだ。

「ありがとうございました、話してくれて」

自分の声が、他人のもののように響いた。

なお、かぁなっき、加藤よしき両名は、ここまで掲載したインタビューについて、「全く覚えがない」という。

但し、本稿の公開については両名の許諾と強い推薦をいただいたため、ここに掲載する。

梨（なし）
インターネットを中心に活動する怪談作家。2022年、『かわいそ笑』でデビュー。他の著作に『6』『自由慄』『お前の死因にとびきりの恐怖を』『ここにひとつの□《はこ》がある』などがある。

かぁなっき
北九州に住む書店員。膨大な数の実話怪談を集め、大学時代の後輩でありライターの加藤よしきとともに、猟奇ユニット・FEAR飯を結成。ライブ配信サービス「ツイキャス」にて、2016年から怪談チャンネル「禍話」を配信している。

加藤よしき（かとう　よしき）
ライター。猟奇ユニット・FEAR飯の「相槌」担当。2024年『たとえ軽トラが突っ込んでも僕たちは恋をやめない』で小説家デビュー。

本書は書き下ろしです。

禍話《まがばなし》 n《えぬ》

2025年3月3日　初版発行
2025年4月25日　再版発行

著者／梨《なし》

取材協力／FEAR《ふぃあー》飯《めし》（かぁなっき、加藤《かとう》よしき）

発行者／山下直久

発行／株式会社KADOKAWA
〒102-8177　東京都千代田区富士見2-13-3
電話　0570-002-301（ナビダイヤル）

印刷所／旭印刷株式会社

製本所／本間製本株式会社

ISBN 978-4-04-115244-7　C0093
JASRAC 出 2410119-502

この■を持っていると、恐ろしいことが起きる。
ホラー界の新鋭が描く、連作短編小説集

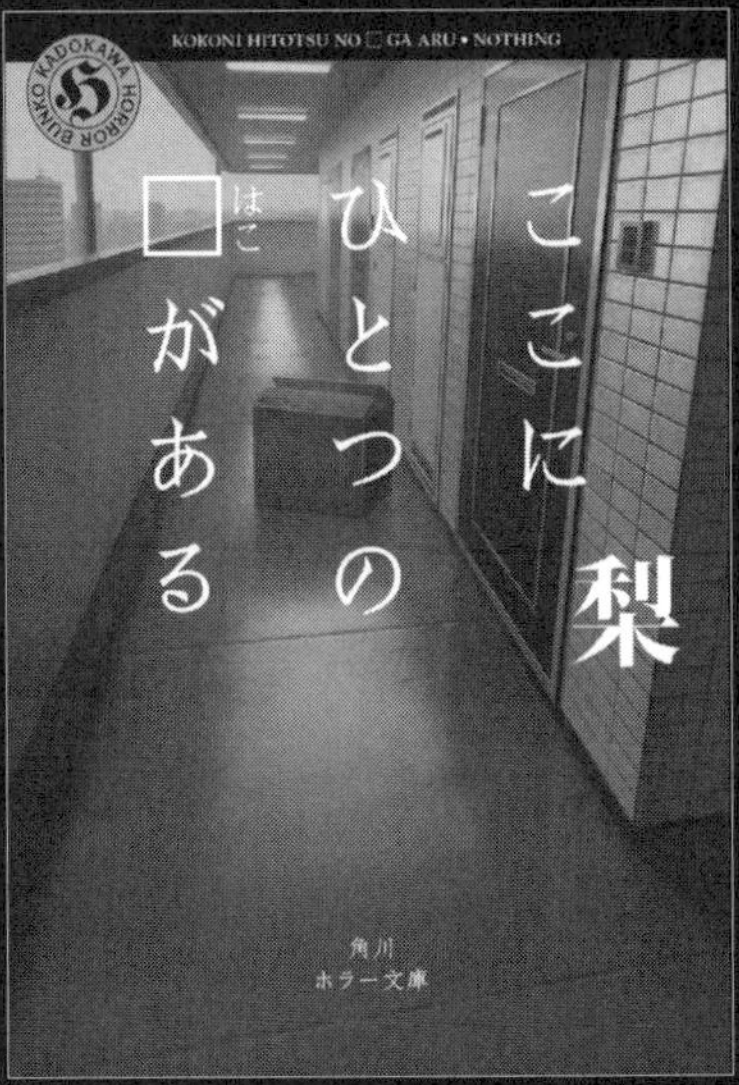

『ここにひとつの□《はこ》がある』

著者：梨

フリマアプリ、学校の放課後、叔父の葬式……。
身近な「箱」が恐怖への入り口になる、日常を侵食するような8篇を収録。

角川ホラー文庫　ISBN：978-4-04-114309-4